我不知道
该如何像正常人
那样生活

徐晚晴————著

上海文艺出版社

目录

引子：华太师　_ 1

我不知道该如何像正常人那样生活　_ 7
空闲工夫剥野菱　_ 85
赤脚去印度　_ 101
初恋　_ 119
私奔　_ 131
七月七日晴　_ 145
严格遵循热力学第二定律的生活　_ 161
二八纪事　_ 177
清澈　_ 195
伪币使用者　_ 209
用梦想喂狗　_ 213

引子：
华太师

有一次，一个陌生人来村里找人，在村口报上大名，听者说不知道。那人想了想说："我找华太师。""哦，华太师啊，早说嘛，从这里直走过去，丁字路口往左拐，最西头靠河边那家就是咯。"

华太师是我姑父，之一。他的大名很多人不知道，都喊他"华太师"或"太师"。这个诨号是我父亲起的，家父长于此道。二十多年前，华太师入赘我们徐家，成为我小爷爷唯一的养女的夫君。他对外宣称是个木匠，可是这二十多年来，村里人几乎没见过他拿起锯子刨子正经干过活。

其实初来我们村那会，他也是干过一些活儿的。90年我家翻建房子的时候，他给我家做了两扇门、一个柜子。那两扇门在家里所有的门中格外好认，其他的门是实木板拼接的，就这两扇是框架外面包了两片三夹板。也就是说，它们没有缝隙。入住后的第一年，黄梅天的时候门框受潮发胀，门就关不上了。我爸爸去找他，他极不情愿地拿着刨子过来，在门框侧面推了几下，嘴里还叼根烟。我拿起刨下来的刨花玩，那是一长条木片，极薄，圈成一卷。他也没干几分钟活，抱怨倒是一堆。那两扇门并不是什么要塞，后来也就很少去开关。直到老屋拆迁，可能都没怎么能再关上。另一个柜子也做得极其潦草，设计也很匪夷所思，好在我妈妈手巧，换换五金件什么的不在话下，也就这么凑合着用了十五年。

我家的门和柜子是如此，他木匠活的手艺可想而知了。

大多数时候你见到他，他都是穿着拖鞋端个茶杯在村里游荡。有人曾说，华太师一年要穿三百六十天拖鞋，冬天棉拖鞋，夏天凉拖鞋。此言不虚。他的拖鞋总是破破的，并且很脏。但他趿着拖鞋走路飞快，当然大部分时间他都不用走得很快。上城穿着拖鞋，下地也穿着拖鞋，有一次去山上扫墓他也是拖鞋，一手拎个茶杯走在最前面，我爸爸开玩笑说他那拖鞋是谢公屐。

这些年来，他的那个茶杯也是换过了不少的款式。有过一个深色的紫砂壶，是紫泥的，应该比较便宜吧，但他总吹牛说是谁谁谁送他的。他通常吃饭很早，吃完就拿着空茶壶上我家，把茶壶往桌子上一搁，不用人招呼就自己坐下来。他总是坐在我家八仙桌最东边的位置，坐我爷爷旁边。他一坐下，我爸爸就给我使个眼色让我去沏茶，每次我放完茶叶，他都要让我再放一点，说自己喜欢喝浓茶。我心里是极不情愿的，所以才每次只放少少的茶叶。我妈妈也是很有意见的，觉得他一年要喝掉我家好几斤茶叶，我妈还断言，他家从来都不买茶叶。在我们这种盛产茶叶的地方，哪家没有茶叶，说明日子过得十分潦倒。他呷一口茶，开始天南海北地胡吹。有时候会挑剔说我家的红茶不好，说我改天拿包好茶叶来。这时候我妈妈就发出一个很不屑的鼻音，我知道她内心在想什么。他拿着紫砂壶喝茶的时候，都是直接用嘴从茶

3

壶嘴里吸溜的。我曾经一度以为那样就是用紫砂壶喝茶的正确方式。后来他换了带着盖子的保温茶杯，吹牛内容就变成了这个杯子有多养生，说能把水变成弱碱性，对身体好。我爸爸说，养生么，不用干活就最养生了。这也是他的绰号的由来，在我爸爸的认知里，太师么就是喝着茶躺在太师椅上闲适地过衣食无忧的日子的。

每次听到别人这么说他，他都是讪讪地笑。露出两颗巨大的门牙。我不清楚他听不听得出来别人对他的嘲讽，反正每次都是露牙笑。

每到夏天，我家对门邻居就会拿华太师的龅牙说事，内容无外乎"要是有吃西瓜比赛，华太师肯定头一名"。

那么，华太师到底像不像我爸爸想象中的太师那么逍遥闲适呢？答案是肯定的。他来这里的二十多年，几乎没有正经干活，早上端着茶杯在村里到处逛，看见谁家大门开着就进去凑个热闹聊一会，往茶杯里添满茶水。下午在村里的老年活动室里搓麻将。他牌技不错，每天都能赢点饭菜钱。他们都说是村里的几个老人养了华太师一家。用现在的流行语说就是众筹吧。如果不是在老年活动室里，就是在某户人家搓麻将，反正下午总不能"闲着"。

不管搓不搓麻将，他都香烟不离嘴。香烟是在村里人开的小店里赊的。年底的时候他老婆会去帮他付清一年的香烟钱。我的那个姑姑有个固定的工作，在我们村办厂上班。付完钱她会逢人就说："老娘又去帮那短阳寿还钱了！一年到头没往家拿一分钱，吃穿用度都是老娘！"她喋喋不休地说一路，一直要持续到大年夜。然而过了一年又是新的开始了，小店里换了新的账本，华太师那一页也是全新的。我姑姑照样和他恩恩爱爱，把所有的不满攒到年末一次性发泄。

有几年，他零散地接一些木匠活，然而经常只做半天，下午溜去搓麻将。被雇佣他的主人家说了之后，他不去搓麻将了，在人家刚安上的新浴缸里睡午觉。村里是没有秘密的，半天不到就传开了。几次下来就没人再找他干活了。

又有一阵子，他从他的哥哥家借来一条船，准备捕点鱼。然而那条船常年拴在桥埠头，最终成了我们这群孩子的大玩具，经常跳到船上去玩。有时胆子大的男孩子会把绳子解开，把船撑到河对岸去摘一棵大桑树上的桑葚，或者去摘漂浮在河面上的菱。有时会有村里人借了船去耥螺蛳、捞水草（喂猪或肥田）、罱河泥（肥田）……就是没有人见过华太师捕鱼。那条船还走之后，我和我的小伙伴着实伤心了一阵子。

此外，再没有见他有什么营生。

三年前，他突然下了个决定：去非洲打工！

过年的家宴上，他说要给小婷挣点嫁妆钱。小婷是他的独生女儿，已经到了谈婚论嫁的年纪了。说过了年就走，去之前要打很多疫苗。

然后就真的去了。在利比里亚待了一整年。

回来之后的一次聚会上，他开始吹起牛逼来，说在利比里亚的工程上，他的木工技术已经是最好的了，那边的人真笨，什么都不会。

乱也是乱，出门要警察陪同，不能独自出去。等等等等。

他这一年，工资是十万，奖金约三万，因为吃住都在工地上，没有什么花销。最大的开支是烟，要托回国的人带过来。休息的时候很少出去，就在工地上打牌，他的香烟钱都是赢来的，还能再攒起来一点。

第二年，做工程的老板邀请他再去，他毫不犹豫地拒绝了，理由是挣的钱够用了。

他又重新拿起茶杯往人堆里扎，这次换成了一个透明的双层保温杯，能看到里面漂着半杯茶叶，还不烫手。他在一切可以插嘴的机会说他的非洲之年，说自己有多少存款——那是他这辈子挣的最大的一笔钱。下午和晚上的牌局也升级了，老年活动室的小牌局他再也瞧不上了。

那年春天，新闻里开始每天报道西非的埃博拉病毒疫情，利比里亚是最严重的地区之一。华太师就更得意了——"我就知道今年不能再去了！"

这是我知道的关于华太师的故事。

我把他的故事说给你听，作为《我不知道该如何像正常人那样生活》的引子。

我的用意，我想你知。

徐晚晴

2016年6月，于苏州

我不知道
该如何像正常人
那样生活

第一章 | 早春的旧沙发和我的舅舅

我并不在意自己过着怎样的生活，因为我觉得它与我无关。我也不在意别人过着怎样的生活，我管不着。

意识到这一点的时候，我正坐在一张破沙发上，沙发就在马路边，马路边还有我舅舅的修鞋摊。我的舅舅，也就是那个五十多岁的半秃头修鞋匠，此时正坐在另一张破沙发上，抽着烟。初春的夕阳早早地照在他的秃顶上，他的头发是被呼啸而过的汽车扬起的风带走的。他的衣服上满是破洞、污渍和尘埃，看起来像穿了一辈子了。他的整个身子都陷在沙发里。沙发的一角露出发黄的海绵，像是马路上被车子轧过露出肚肠的死猫。他的毛线裤从外裤里露出来，再好的画家都说不上那是什么颜色。他穿着单鞋，脏到快要隐形的解放鞋。他正在抽烟，手像树皮，食指和中指半截都被烟熏得焦黄。他抽三块钱一包的香烟，很臭。

我看着我的舅舅，发现对他的描述是直观的，因为缺乏更深的感情而只好用各种比喻来填充。比喻是什么呢，是早春里让人不快的闷湿。我觉得有一些烦闷。可是我不想去仔细捕捉这种感觉。我不喜欢用放大镜去看,更希望隔着毛玻璃。因此,我舅舅当时跟我说的话,我听得并不真切。

他大约是问我是否有男朋友,打算什么时候找工作,成天待在家里有意思吗,总之就是这类的话,我在这几年里听得耳朵都生茧了。

就在一年以前,这些问题都能成功地击倒我,让我很羞愧,继而很恼火。现在,我觉得无所谓了,像我这样生活的人多了去了,为何不能多我一个?我的身后两米多的地方有个垃圾桶,此刻正传来阵阵白菜腐烂的气味,它有一点甜腻腻的烂香,我对此非常着迷。

没有男朋友怎么啦?为什么非要工作?待在家里是没意思,但是大多数事情都没有意思,你成天在这马路边上有意思吗,也没意思吧,回到家舅妈一刻不停地跟你烦有意思吗?

我猜想,白菜腐烂有个临界点,在这个点之前,它还死撑着想要散发出一点好闻的味道,可是过了那个点,就全然不顾了,烂就烂吧,垃圾桶才是人生归宿。

我知道,我已经过了那个临界点。

我没有工作已经有很久了。不是一个月也不是半年,而是两年多。最近的一年,我经常到舅舅的修鞋摊边上坐坐,呼吸一下汽车尾气,听一听人声。

我家住在幸福小区。小区门口是一排小商铺,舅舅的修鞋摊就在小区门口的拐角处,旁边是杂货店和烧烤店,再往西是个网吧。

那些从工业区骑破自行车来上网的打工仔有时候会来修鞋摊上借打气筒用一下。修鞋摊上怎么会有打气筒，这让我有点摸不着头脑。后来我舅舅告诉我，因为他下班时会骑自行车回去，怕车胎没气了。他特意跟我强调他是在"上班"。这个词在我舅舅看来也许是比较体面的吧。我从来没见过有谁来找我舅舅修鞋。马路对面就有个卖廉价服装的店，兼卖看起来闪闪发亮的时髦鞋子。我发现我舅舅就是每天这么在马路边的破沙发上坐着，抽掉两包香烟，等到太阳落在铁路桥后面就收摊回家。我觉得他的状态跟我差不多。

修鞋摊上的两个沙发毫无疑问是别人扔掉的，黑色的人造革经风吹日晒后，散发着颓然的蓝光，了无生气。人造革裹着厚厚的人造海绵，我用眼睛就能感受到它有种让人沉溺的舒服，于是我就坐下去，像我舅舅那样把整个身子都陷在里面。啊，生活，我已经向你投降了。我丝毫不想抵抗，任由自己沦陷在这么一个被人遗弃的破沙发里。

沙发后面有一棵香樟树，不算大，但也足够遮挡阳光。我的手指抠进破洞，在海绵中来回搅动，感觉这个沙发真是世界上最适合我的地方。

"你不能像我们这样的。"有时候，在很长很长的沉默中，舅舅会说这么一句话。

我慢慢地侧过头，朝另一个沙发里看去。他残存的一些头发是以怎样可笑的形状在卷曲啊，像某种蕨类。我又把目光转向别处，并不回答他。

　　沉默就是回答。

　　有时会有风吹过，我闻到自己头发里的油腻味道。头发也有个临界点。从前我每天洗头发，觉得三天不洗就会很脏很脏。然而，当我一次次刷新不洗头发的纪录，我发现它在某个点之后就不再出油了，也就是说，不会更脏，只会很脏。但是，脏脏的也没啥不好，至少它跟这个沙发和这条马路很相配，跟我的生活很相配。我第一次坐上沙发那天，是去市中心买衣服来着，白色的衣服上有个淡蓝色的领子，裙子是灰蓝色的，有钩出来的花边，有衬裙，金色的浅口皮鞋鞋头有一朵很精致的花。我买了衣服当即就换上，穿着一身簇新回家去。走到小区门口的时候，突然就走向舅舅的修鞋摊，问他我这一身新衣裳好不好看。我记不清他是怎样回答的了。心里有一个期待答案的时候，别人说什么都听不进的，时间久了，心里留下的还是那个期待中的回答。

　　当时，舅舅问我要不要吃根棒冰。我竟然说"好"。

　　从小，我爸爸就告诉我，别人问你要不要什么东西的时候，要说"不要"，因为别人也就是随口这么客气一下的，并不是真心想给你。我相信他是正确的，我这二十几年来，也都是这么贯彻的。但是，那天我对舅舅说"好"。

　　他愣了几秒，然后掏钱去买了。他没有钱包，钱都放在一本很破很破的电话本里。我估摸着电话本的扉页上是一个俗气的泳装女郎，脸是上世纪 90 年代的那种肥肥的蠢笨的鹅蛋脸。

他递给我一根最便宜的绿豆棒冰，招呼我坐下。

于是我就这么坐在了他的宝座上。当时是初夏，太阳直射点还未到达北回归线，但是江南已经是一片暑热，人造革吸收了太阳的热力，又无私地奉送给我。我吃起棒冰来，绿色的液体滴答滴答落下来，跟毛毛虫的血液一模一样。

那一天的我，跟此时坐在沙发上的我，理论上来讲是同一个人，但实际上，大家都看出来并非一模一样。

有什么不一样的呢？无非就是那时我穿皮鞋，现在趿拖鞋；那时香喷喷，现在脏兮兮；那时我是大学生，现在我是无业游民。

那天之后，我来这个修鞋摊无数次，舅舅再也没有客气一下问我要不要吃棒冰。我调整了一下坐姿，看着地砖缝里早早探出头来的一丛小草，模模糊糊地想了些舅舅的事迹。

小时候，我们都在农村，和村里所有的人一样，我舅舅也是个农民。但是，我舅舅是个不会种地的农民。在一个圩子里，庄稼长得最差的那块田，不消说，村里人都知道是我舅舅家的。他也不爱去打理，除草、治虫、施肥之类的事情，几乎不做。不仅如此，他还拒绝别人的好意帮忙。"松原，我今天治草时多了点草甘膦，顺便帮你家的田埂上也洒了。"邻田的主人如果跟我舅舅这么打招呼，我舅舅就会勃然大怒："草甘膦这么毒的东西，以后米还怎么吃啊！"说话间，耳边的青筋暴起，似要跟人拼命。其实，对方这么做也并非出于纯然的善，而是考虑到草会从我舅舅家的田埂蔓到他家的稻田里。但是，帮别人家治草毕竟是花钱又费时的赔本买卖，我舅舅非但不识好，反而要责备别人，真是怪人一个。后来，村里人就算顺手把我舅舅家田埂上的草给治了，也不会去跟他打招呼了。

  不仅是庄稼差，我舅舅家的田地还有个显著的特征，那就是种的东西很奇怪。有一年，他把稻田变作了菜地，种了一种奇怪的爬藤植物。夏天的时候，藤上结满了丑陋的瓜。那瓜青绿色的表皮疙疙瘩瘩，就像蛤蟆皮。小孩子有一种本能，会辨识出某物是否能吃，当时我就跟我表妹认定这种瓜不好吃。但我舅舅一口咬定，说它很好吃。在这里，不得不说一句，我舅舅虽然对别人态度很恶，但对我还是不错的，我是说小时候的我。后来，瓜皮渐渐转为金黄色，我舅舅就摘下两个分给我和表妹。我说的表妹，就是我舅舅的女儿，她叫肖芳芳。我怀着好奇把癞蛤蟆似的瓜皮扭开，里面呈现触目惊心的景象：每一颗种子上包裹着一层血红色的果肉，挤挤挨挨地被癞蛤蟆皮包裹着。有些好奇，也是为了验证我舅舅的失败，我尝了一口那血红色的果肉，软塌塌的，有一点点若有似无的甜，还没真切地尝到那甜味，舌头就已经碰到了硕大的"瓜籽"。聊胜于无，那个夏天，我和芳芳竟也吃掉了很多。这种丑陋的果实也并非一无是处，它有个很好的用途就是可以去馋村里的其他小朋友，因为他们都没有吃过。他们就去舅舅家的菜地里偷，吃剩下的种子来年被他们的母亲种在了房前屋后，于是有那么几年，整个村庄几乎爬满了这种植物的藤，我和村里的其他孩子在那些夏天不停地吃，拉出的便便也是触目的红色。后来，不知什么时候它就消失了。到前几年，我们这一代人突然集体怀旧，想念起这种丑陋的植物，那时候我才知道，它叫癞葡萄，葫芦科苦瓜属植物。

后来，我舅舅不知道又打起了什么主意，把自己的水田一半挖成塘，土用来填高另一半田。当时，圩子里每一块田都是互相关联的，因为水稻种植过程中需要灌溉很多次，一个生产队置备一个水泵，统一抽水，水流经每一块稻田，润泽大地。我舅舅这么一折腾，等于是断了下游田地的水流，自然是引起了一番口角。但他是一个我行我素的人，全然不管其他人家怎么说。生产队只好更改沟渠线路，重新安排。而我舅舅填起的那块高地，突兀地立在一片稻田中央。没多久，他竟然在高地上种起了仙人球和仙人掌。全村人都对他的疯狂举动嗤之以鼻，认为他太不像过日子的人了。可是，我舅舅却对那片仙人球投入了大量的热情和辛劳。他经常拿着一本书，圈圈画画，或者拿着一个小小的托盘秤，称沙子和煤渣的重量。匪夷所思的是，那些仙人球竟然长得很好。要知道，这里是江南水乡，一年大部分时间都是湿度大得胳肢窝里能闷蘑菇，春雨、梅雨、秋雨、冬雨连绵不绝，就算是被窝里，也鲜有非常干燥的时候。仙人球和仙人掌不光是长得好，而且是太好了。仙人球不断地生出小球来，小球大了又生小小球，就像细胞分裂那样无穷无尽。仙人掌长到植株间完全没有空隙，后来开始开花，密密麻麻的开了半亩田的黄花。别人家收麦子的时候，我舅舅竟然搬个马扎坐在他的仙人掌地里，抽着烟，赏花。

自打他挖出那个水塘起，我爸爸就以为舅舅能正经地种一点芹菜、莲藕或者茭白之类的水生作物，他甚至一厢情愿地憧憬着过年时我舅舅能送两把新鲜的自产水芹菜来给我们尝尝鲜。孰料，我舅舅竟然在水塘里种上了睡莲。全村人对此都表示非常的不能理解。你说种个荷花嘛，还能吃吃藕，你这种点睡莲算个啥。然而，在我们这群小孩子眼中，这片睡莲池真是一个天堂。春天捉蝌蚪，夏天钓田鸡，冬天若碰上寒潮，还能在上面滑冰。睡莲开得很好，圆圆的叶子铺满了水面，粉色、嫩黄、洁白的睡莲轻轻地停歇在叶子和叶子之间，轻盈袅娜，娇俏可人。只是，再好看也不能当饭吃啊。

舅舅在院子里囤了很多很多的瓦盆，都是小小的成人的拳头大小。我们猜测着他是要把仙人球养大了装盆去卖，然而后来他什么都没有做，那些盆在院子里一堆就是十来年。

这片仙人掌地似乎是我舅舅人生和性格的一个隐喻：突兀、无用并且刺人。

仙人掌花开到第三年，全村人都在地里收麦子，而我舅舅也像往年一样，坐在小马扎上抽烟看花，只见我舅妈穿着向渔民借来的一身潜水用的橡胶衣服，戴着大手套、扛着锄头来到他面前，用愤怒把仙人掌一棵棵锄掉，嘴里还骂着非常难听的话。我舅舅也没说啥，拎起马扎就回家去了。

那个秋天，村里大部分小孩都患上了流行性腮腺炎，最有效的土方法是用仙人掌肉捣碎了敷在患处。村民们四下寻找仙人掌的时候，不免感叹：松原家的那片仙人掌地要是没有毁掉，那该多好！

我舅舅是个爱折腾的人。他除了种地，也学过木匠手艺。但是，他总是做一些超常规的东西，比如，他曾做了一张长两米半、宽一米八的写字台。在今天看来，这写字台就是一张老板桌，全实木打造、全手工制作，用料考究，做工精细，放在大办公室里无比阔气，案头再放一盆极像假化的蝴蝶兰，暴发户气质油然而生。但在那个连电话都不普及的年代，它就是个无用的庞然大物。后来某个清晨，我爸爸推开门发现这张巨型写字台正沐着晨露兀立在我家晒谷场上，真让人哭笑不得。好在我妈是个动手能力极强的女人，她借来一把锯子，把写字台降低了三十公分，改装成一件床柜一体的高级家具，从此以后的很多年，我都是睡在那张写字台上的。作为一个木匠，他也是失败的，他做出来的东西是螺蛳镇上的一个笑话。

后来，我舅舅干过很多的活儿。他曾在村口摆摊卖水果，并且用白铁皮自制了很多水果刀，无一不是看起来很丑却极为锋利好用。他对这些器具非常自豪，越制越多，渐渐地，水果摊上水果少了，各种形状奇怪的水果刀却多起来了。我上大学的时候，我舅舅送来一把削瓜皮的刨子。这把刨子是灰蓝色的，看起来非常笨拙，我一直不好意思拿出来用，直到某天宿舍里那把高级的水果刀削掉了一位舍友手上一块皮后，我才从箱底翻出它来用，大家用过后都觉得好，之后它就成了我们宿舍里的镇舍之宝,被恭敬地放在书架最显眼处。

　　水果摊生意还行,我舅舅就琢磨着用废弃的柴油桶敲出了一个铁皮棚子,有门有窗有屋顶,挺像那么回事的。村里很多人都私下里评论说:"松原这个人,做人不怎么样,但做东西还是很有一手的。"这话传开了,先是卖馄饨的人来请我舅舅帮忙做个铁皮棚子,再后来,村口的小商贩们都来请他做棚子,于是他就专职做起了铁皮棚子。如果你在1990年代中期的三五年里,路过南山村村口的那条省道,就会看见一排形制相近的铁皮棚子,它们全出自我舅舅之手。

　　再后来,这些违建的棚子都被推土机掀翻了,于是我舅舅又一次转行了。

　　我舅舅拉起了板车,帮人运送一点东西。那时候电动的农用车还很少,城里人搬运一点东西都还是用人拉的板车。我舅舅默默拉货,不与人多话,不打探隐私,很多人觉得他老实可靠,经常给他介绍些生意。有一次帮X城中学副校长搬家后,副校长送给他半车茅台。毫无疑问,这些都是学生家长送给副校长的假酒,副校长收了那么多年的礼,不可能认不出这是假酒。

　　副校长的假酒启发了我舅舅,之后,他开始逡巡于教育路上的几个小区,专门帮老师和教委的人搬运东西,顺便收购假烟假酒,然后再转手卖给那些想去给老师意思意思的学生家长。

　　我舅舅是个很沉默的人,他总是独自拉板车,不与他的同行交流。他贩卖假烟假酒竟也没被抓到,并且还赚了点小钱。后来他的那些同行抢占了他的地盘,他也就收手不干了。

从那以后,他开始长久地坐在修鞋摊旁边的破沙发上。

修鞋怎么也算是个技术活儿,我舅舅是无师自通的。他有一台手摇补鞋机,类似于缝纫机,线是透明的鱼线或者是粗粗的尼龙线,用来缝鞋帮。这个机器是他置办的最大的一个家当。其他的工具,多是他自己敲敲打打做出来的。修鞋人都有一个鞋撑,它是用一根粗钢条连着两块铁板,下小上大,大的那块比普通的鞋子要小一点,做成近似鞋底的形状。钢条和铁皮是我外公捡回来的,我舅舅把它们焊接起来,就成了一个虽丑却结实好用的鞋撑。电焊机则无疑是做铁皮棚子时置办的。

后来竟有个姑娘过来换高跟鞋鞋钉,他先把鞋子反扣在鞋撑上,鞋底朝上,拿出形状奇怪的老虎钳,一手按住鞋子,一手用钳子把鞋钉拧下来,然后在他的百宝箱里乱找一通,找出一个匹配的鞋钉,用一个小小的锤子一点一点敲进去。再从百宝箱里摸出两个芝麻洋钉,钉进去,加固,这鞋跟就算修好了。我在一旁翻看这个百宝箱。箱子里有很多鞋掌、鞋跟、鞋钉。我拿出一个高跟鞋鞋跟上那种细细的鞋钉,它是黑色的,材质大约是橡胶,上面印着金灿灿的花纹,是某国际品牌的 Logo。

这里的人们,尚不认识这种奢侈品品牌,就像他们不知道维特根斯坦。

不修鞋的时候,我舅舅偶尔会问我一些无聊的问题。我对他的提问置若罔闻。如果你像我这样经历过两年没有工作，并且还是生活在一个全是熟人的小世界，那么你就会明白我这么做是一种非常行之有效的生存方法。

只有装聋作哑才能心安理得地活下去。

有时候，我会买一袋瓜子，坐在舅舅修鞋摊旁边的破沙发上嗑瓜子。我一刻也不停下，手像被某根线牵着一样去抓塑料袋里的瓜子，放到嘴边，咔嚓咬开，舌头灵巧地取走瓜子仁，手拈着破裂的瓜子壳，投向沙发右侧。瓜子壳渐渐将草坪砖铺满，香喷喷的一地狼藉。

这就是我理想中的生活。睡到中午起来，午饭后买上两块钱瓜子，一言不发地将它嗑完，这时候太阳正好也落在了西边的铁路桥下。如此香气扑鼻的生活。有一天我会嗑完这个世界上所有的瓜子，刷牙、洗手，然后爬进棺材，心想我这辈子已经尽心尽力别无他求。

我的舅舅接着说："照我说，女孩子就应该少读书，你看你，都读傻了，连找个男人都不会！男人呢，不喜欢女人会那些花架子，他们要的是好看、能生娃、会过日子。你看芳芳，她学习不好吧，也没花多少钱。后来我送她去学电脑，她不光学会了打字收银，还会在网上找朋友，小伙子人不错，会挣钱，他们这个月廿八订婚，五一节结婚。"

听到这里，我才明白过来，为何我舅舅会对我说这番话，因为我表妹芳芳要结婚了！

但是，芳芳结婚跟我有什么关系呢？

第二章

表妹的婚礼

我跟我妈说"芳芳要结婚了"。得到的回答是："关我屁事啊！"我妈跟我舅舅不对付，这种互不相认的状态已经持续好多年了。个中缘由，可追溯至我外婆去世时。

外婆过世以后，我妈便不再与我舅舅家来往，但是我和父亲见到舅舅会说上两句话。亲戚的亲密关系让我浑身不自在，倒是这样的点头之交比较自在。

自从我父亲消失之后，我很多个下午都会坐在我舅舅的修鞋摊旁边的破沙发上，而我舅舅有时候会给我一些父辈的教导，比如要找对象啊要挣钱啊要孝敬我妈啊什么的。

我舅舅对我的终身大事很着急，某种程度上也是因为我表妹快要结婚了，他觉得我这个做表姐的有点像后进生了。

我小姨打来电话问我妈："哥哥要嫁女儿了，订婚宴叫你去了吗？"

我妈冷冷地说："关我屁事。"

对于我妈的冷漠,我一点都不觉得奇怪,她是我见过的最寡情的人。有一年,我爸爸摔断了腿,邻居送他去医院,她继续坐在那儿吃晚饭。我爸的伤腿仿佛是被台风折断的树枝,仅靠一点点树皮连接着,晃晃荡荡,再没了生命的活力。这一景象对于十几岁的我来说非常恐怖,然而我还是跟着搭载我爸的小面包车,一路颠簸去了人民医院。在整个住院期间,她也就是每天送一顿饭去医院,好多年后还经常提起她特意为父亲做的爆炒腰花多费心思多美味。这个世界上有一种人,他们只记得自己对别人的好,而对自己的冷漠给别人带来的痛苦却全然不知。

从这一点上来说,我舅舅跟我妈是极其相像的。他自打在瓜子店给我买了一根棒冰之后就经常念叨起他对我的这份恩情。

后来有一天,我妈终于按捺不住了,向我开口:"你舅舅有没有跟你说什么?"

"有啊,他让我赶紧找对象,问我觉得那个修摩托车的人的儿子怎么样。我都没搞清楚是哪个。不过也无所谓啦。"当时我正在吃枇杷,当果肉咽下去后,枇杷硕大而光滑的种子留了下来,嘴里像含了两颗鹅卵石。

"不是问你这个,肖芳芳结婚的事呢,舅舅跟你说了多少?他有没有叫你去参加订婚宴?"

"没叫我去,不过也没有叫你去嘛。舅舅可能觉得我一把年纪嫁不出去又没工作,不太吉利吧。"

"婚礼是在五月一日吗？"

"好像是吧。"

"你外婆可是在那一天喝药水的呀，他们还真会选日子。"

"嗯，那个词叫什么来着？冲喜啊。"

"冲你妈个鬼！有他们哭的时候！"请忽略我妈就是她这一事实。

五一就要来到了。为此，我专门去花了三十九元买了一条裙子，拖着旧拖鞋去参加我表妹的婚礼。裙子是网购来的，暗红色的粗质亚麻布，洗过一次之后，红色的液体滴滴答答落了一地，像凶案现场。对于婚礼，我妈毫无动静，我小姨打来电话商量份子钱之类的事情，她一概冷冷地说："我收到请帖了吗？没有我还瞎起劲个啥？"我有很多次提醒她，舅舅让我转告她，到时候大家一起去。她听烦了就会冲着我狮吼："小孩子不要管那么多事情！这不归你管！赶紧找个工作才是正常人应该做的！"然后我就住口了。我始终不知道该如何生活才能看起来是个正常人。

随着母亲咆哮的结束，五一来临。我身无分文地去喝喜酒，此前还特意吃素两天。

肖芳芳结婚那天，和外婆去世那天一样艳阳高照。大片的日光倾泻而下，空气中的水分燥热难耐，不停地颤动。我走在去舅舅家的路上，一时间仿佛回到了去外婆家的那条田埂上。我发现记忆模模糊糊的，我搞不清外婆究竟是死于早春还是初夏，只记得日光在耳边嗡嗡作响，让人头昏脑涨，魂不附体。

舅舅家早就站满了人。有人跟我打招呼,我就点一下头,略微张开嘴,不浪费力气发出声音,反正说了也像没说,一来听不清,二来无意义。

芳芳坐在床上。婚纱是绸的,米白色,看起来很厚,走路刷刷地响。婚纱上缀着各种自然界不存在的花朵,辨识出它们的原型成了我在喧嚣人群中的一个无声的乐趣。

本来按照规矩,她是要端正地坐着直到新郎官披荆斩棘杀破重围勇敢地找到藏在山洞中的宝藏——一双39码的红色鞋子,为她穿上她才可以下地。然而她却吃着西瓜、杨梅等多汁的水果,一趟又一趟穿行在闺房和厕所之间。

芳芳的几个姨妈全来了,她们在客厅里嗑着瓜子打听聘礼的事。她们的孩子在一旁玩我舅舅心爱的斑点狗。其中一人拈着一片牛肉干,放在狗面前,两个人揪着狗的耳朵不让它吃到。他们哈哈大笑,为自己看似厉害的愚蠢之举发出本能的邪笑。他们穿着他们最好的衣裳,做着丑陋的动作。

舅妈在厨房,忙着腾出空间放席散后打包回来的剩菜。放菜的柜子是不锈钢焊的,看起来是我舅舅的手工产品。

整个屋子里,除了人声,就是狗毛。我舅舅非常疼爱这只斑点狗,他买的酱牛肉都是给狗吃的,自己舍不得吃。

我又到芳芳房间里去转一圈,因为她和伴娘的笑声让整个屋子里的狗毛都随之震颤。房间中央是一张大床,白色的底,巧克力色的床头。床对面是壁挂电视机，看起来像新买的。旁边是一张电脑桌，除了电脑什么都没有。一堵墙上是窗，另一堵墙上是从地板蠢到天花板的大衣橱，土黄色的。此外，房间里什么都没有。很久以后，我才想起来，最适合芳芳那天样子的词叫"春风得意"。

没有人招呼我，我在阳台上的狗窝边找了一个小板凳坐下，掏出随身携带的军刀，用小剪子剪头发的开叉，这是世界上最安静的消磨时间的方法。那些长长就变得离经叛道起来的头发，只要看见了，就该剪掉。一根头发，一旦有了分叉，它就永远无法再变成完整的一根头发。我呢，毫无疑问就是一根长分叉了的头发，不仅开叉，而且叉得离谱，在阳光下看，我支离破碎，也不是生命本该有的颜色。

后来，在一阵鞭炮声中，新郎官来了。客厅里的人放下之前的闲话，抓着瓜子站起来，围在新郎官身边要红包，为难他不让他进屋。闹了一阵子，新娘被接出来了，在客厅里举行跪谢父母的仪式。这时候，隔着人群，我看到我妈也在那儿。

这是我第一次见到我的这个表妹夫。他的头发都往后梳，在定型剂的帮助下，头发上留下清晰的梳齿印。他穿着一件黑色的西服，扎一个黑色小领结。每一次磕头弯下身子，胸前写着"新郎"的红布条就晃荡一下。弯腰时，西装裹着的肥身子像一个糯米团糕点。

看到表妹夫的黑色西装，我突然想起来，我曾答应我妈到时候穿一身肃穆的黑裙子像参加葬礼那样出席表妹的婚礼。

按照剧本要求，表妹对着摄影机哭得特别入戏。哭过一通后，人群嘻嘻哈哈吵吵嚷嚷地向饭店进军。

只有少数的人作为女方的伴娘团，去了新郎家。她本来是不打算叫上我的，因为数了数人数，是单数。我本来是不打算去的，但看看热闹也是个不坏的事情。于是我就钻进其中一辆婚车，昏昏沉沉地任由车子把我载去芳芳的婆家。

车上除了我，还有芳芳未来的小姑子，我不知道按照礼数我得喊她什么。她一头短发，穿着一件蝙蝠袖的T恤，脖子上挂了根好几斤重的链子。我这么描述，读者诸君对她是何等样貌肯定无从想象。我其实也想能向你们描绘一下她是单眼皮还是双眼皮，鼻子的弧度是怎样，脸上的雀斑大致有几颗如何分布。可是很抱歉，我想不起来了。她手里拿着一叠A4纸，已经装订起来，我瞄了一眼，是婚礼流程。

她坐在副驾驶位置。行车途中，扭头过来跟我说话。问我是新娘的什么亲戚。我说表姐。又问我做什么的。我说无业。又问我在哪里上学。我报出了我们学校。她若有所思或者意味深长地"哦"了一声。然后就不问什么了。大部分时候，我读过的那个学校与我无业的状态形成的反差总能让别人陷入一种若有所思的状态，从他们的眼神中我能看出，他们的思索得不出任何结论，幸灾乐祸除外。

路不长，没说几句话就到了。芳芳的婆家在城里。其实我们家也算城里，但那块地原先是乡下，住户也都是前农民，因此虽然住小区单元房，但就跟住在农村差不多。农民喜欢把绿化花坛开垦了种瓜种菜，甚至有一楼的住户直接养鸡，并且是散养。表妹的婆家这边是真正的城里。1980年代末建的老新村，每一层楼道转角都有一个水泥浇筑的花格子来透风透光，花格子被时间慢慢啃噬，露出生锈的钢筋。

我们一群人手里各自提着一件陪嫁的东西，畏畏缩缩地在一阵鞭炮声中疾步快走，生怕火药落到衣领里，颇有穿越火线的兵荒马乱之感。

表妹夫家在五楼。上楼的时候，看到二楼人家门口放着一个煤球炉，还有个旧鞋柜，鞋子却不放在鞋柜里。三楼大门上贴着个美羊羊。四楼门口叠着三摞花盆，里面是植物的尸体。

表妹夫家的门开着，里面也全是人。进门，饭厅的餐桌上摆着八碗红糖煮鸡蛋。我和其他几个女傧相被按到椅子上，各吃一碗汤。我知道按照规矩，我们只能象征性地吃掉里面两颗枣，再喝一口汤。但是我身体里的某些地方在呼唤热乎乎的鸡蛋，我就埋头把两个鸡蛋都吃掉了。在我吃鸡蛋的时候，坐在旁边的表妹的姨妈之一一直在摇我的胳膊肘，示意我多吃点或者少吃点。表妹婆家人收拾碗筷的时候，看到我的这个碗，意味深长地愣了一下。

喝过糖水，婆家人端出果盘放在桌子中央。表妹的几个姨妈等表妹的婆婆一转身便瞬间围了上去，在果盘里找比较贵的糖果和坚果，装到口袋里。之后，她们各自抓了一把瓜子，立在墙边开始嗑瓜子，瓜子壳翻飞。婆家人招呼她们坐下喝茶，她们客气地拒绝了，继续嗑瓜子。

芳芳的婆家是古老得发霉的新村。为了这场婚礼，屋子重新粉刷过，墙上包的木头也重新油漆过，屎黄色的，古色古香。屋顶上挂着亮闪闪的彩带，就是红色黄色绿色蓝色的纸，上面刻了几刀，可以拉到很长的东西。

等摄影师录下一段较为满意的视频，我们又钻进车里，向饭店进军。

"一大波饥饿的僵尸正在接近……"我听到的画外音是这样的。

和大多数婚礼一样，这一场也是由一个油嘴滑舌的家伙主持的，他留着中分的披肩大卷发，头发很油，苍蝇掉下去能摔折腿。他穿一身白色的西装，背上皱皱巴巴。就像每一个婚礼上的人一样，新娘是美丽善良温柔贤淑的，既有传统女性的温婉美，又有现代女性的知性美，新郎是英俊帅气年轻有为的，事业鹏程万里。眼前的这一位，已经不再是我熟知的肖芳芳，而是一个聪慧过人孝顺能干的新娘子。听着司仪的赞词，我不禁羡慕起这样的完人。是否，我结婚时也能变成这么好的人呢？大家听得陶醉，已然把它当成了真的。过去岁月中的那些龌龊不堪一笔勾销，美好的人生重新书写。

司仪的工资是按字结算的呢，还是看嗓门是否够大？有幸坐在音响正下方的我，心随着鼓膜颤抖。放的歌曲是《懂你》，可想而知已经到了答谢父母恩情这个十分重要十分煽情的环节。

我舅舅舅妈在舞台的左边坐下，新郎的父母坐右边，他们的背后是布景，大大的"婚礼"下面是英文"WEEDING"。音乐渐低，但没有停，司仪要说话了。我盯着桌上的冷盘看，庆幸自己之前已经吃了两个红糖鸡蛋，同时也在盘算等会儿开吃了先从哪个菜下手。

忽然间，一阵清脆响亮凄惨绝伦的哭声压过了司仪的说话声，震住了背景音乐，在一瞬间就占据了整个大厅，刚才还闹喳喳的宾客仿佛被施了魔法一样定住了，屏气凝息，不敢发出一点点声响。

声音传来的地方，是我母亲身着孝服跪地嚎哭。她的面前，是外婆的遗像。

她用悠长的哭腔告诉现场的亲朋好友，今天是我外婆的生日，可是她已经死了多年，这几年来，我舅舅没有上过一次坟，没烧过一张纸，没做过一顿羹饭，外婆在九泉之下过得凄惨，吃不饱穿不暖，老被人欺负。可是尽管这样，她一点都没有怪怨过我舅舅。昨天外婆托梦给她，说想要来看看自己孙女的终身大事，看看孙女婿长啥样，喝一点喜酒。

在场的人全都慌神了，连见惯了各类极品奇葩的司仪也直直地愣在那儿，完全不知如何是好。

我母亲的哭声中有一种催人泪下的颤音，感觉痛苦之手正捏着心脏，泪水从破碎的心中涌出，向四面八方溅出去。所有被这种哭声溅湿的人，无不心碎欲裂，肝肠寸断。有些年长的大妈已经开始用大红色的桌布擦拭眼角，然后转身向旁边的人低声诉说我外婆生前的种种好。

我对这种恸哭无动于衷，因为我知道这只是她的职业性动作。她是个哭丧婆，贩卖悲痛是她的职业。

她哭了大约十分钟，司仪终于醒悟过来，叫来婚庆公司的两个壮汉把我妈架走。和我外婆一样，我妈也是个肥婆，她趴在地上的时候就像一只上岸找对象的胖海狮，浑身被泪水和悲哀包围着，两个壮汉根本无从下手。

我舅妈的脸都绿了，急得跳脚。站在舞台上被灯光笼罩着，那灯光仿佛是透视的，全场的人看她都带着怪怪的眼光。

哭够了，我母亲收起泪水，拍拍白袍的下摆，走到舞台上，将我外婆的遗像摆在布景旁，然后雍容缓慢地走出了宴会厅。

这真是一场刺激人心、别开生面的婚礼啊。不管经历了什么，人总是要吃饭的。她走后，大家开席了。

我自然无法端坐在那儿继续吃饭。我和我小姨走了出去，去追我妈，留下我大姨在那儿善后。

第三章

要不就做个正常人吧

我的白天是从十二点以后开始的。那是我醒来的钟点。小区里极其安静,上班的都在上班,搓麻将的早已在棋牌室,无事可干的老年人和小娃娃都在睡午觉,我便从朦朦胧胧的睡梦中醒来,开始这迟到的一天。

我在家里找到了一本如何做面点的书,不知道它从哪里来的。我把酵母面粉配齐后,就开始捣鼓小笼包。螺蛳镇上的女人基本不会做面食,也不爱吃。不仅如此,她们还鄙视面食:"喊,馒头有啥呢么好吃的,米饭才是正餐啊。"我决定打破这个陋习,当一个全能的厨娘,尽管我也不爱吃面食。

和面用冷水还是热水,水加多少,怎么加,这些我以前一概不知。我想,我的知识面是如此狭窄啊。我把书拆散了用双面胶贴在厨房墙壁上,对着教程亦步亦趋。

第一次,做出一团僵硬的面饼,带着一种奇怪的酸味,看样子是失败了。我把它放进冰箱里,打算等灵感来了将它改做成什么可口的东西。众所周知，浪费是不对的。

母亲回来看见了，将它拿出来，贴在我的房门上。其实说贴并不准确，而是穿过门把手挂在上面，以示威胁。我是那么容易妥协的人吗？笑话！

我第二天接着做。这一次，面团对我柔软了一点，我没有把它搓成常规的半圆球状，而是任其铺展在平盘中，上蒸笼蒸。十几分钟后，一团柔软的奇形怪状的面饼出锅了。它的形状难以描摹独一无二。它那与众不同的别扭劲，与我的处境何其相似。它松松软软没有章法，不像包子铺里的任何一个待售品，它是古往今来最不受约束的馒头。它虽形状怪异，却是热气腾腾，肆无忌惮地散发着大地和阳光的香气。

面对这么一块特立独行的饼，我想或许我开个早餐铺子也未尝不可，就卖这种独一无二的饼。失眠到三点起床，早点摊上午九点半收市，然后睡午觉，睡他娘个大半天，晚上和完面继续失眠。

这一次，我没有把它放进冰箱冷藏室，而是置于空气中，听任微生物在这块完美的面饼上自由生长。

幽绿色的霉菌丝在被风吹乱之前有一种莫可名状的美感，绒绒的，丝丝缕缕。极微小的生命，在极短暂的时间里出现，成长，消失。只有像我这样的闲人，才能有兴致站在窗口的大理石桌前，花一下午的时间观察它们华丽的生命之旅。看的时候，我忍不住想，到底是身着制服朝九晚五重要，还是看一场幽静的表演重要？我知道，我妈会说："你能看出什么个名堂！"是的，我看不出什么名堂，我不是研究微生物的，但是，难道只有作为科学研究的察看，看出了什么名堂才有意义？如果一切只是为了搞出点名堂，那么生活还有什么乐趣可言？

前面，在我的描述中，我的生活是乏善可陈的，别人都在为了买房买车而奋斗，而我却在看一丛霉菌的生长，居然还不是为了科研！这人是要到多无聊的境地才能如此！但我其实还蛮乐在其中的。做面饼如此，看菌丝如此，其他很多事情亦复如是。

别人很好奇我是怎么打发时间的。其实很简单，我做甲事的时候，若想到乙事，便会去做，若又碰到丁事需要解决，便立马奔赴……就这样，一直到做完了亥事，甲事还没有完成，于是拍拍脑袋说"我是猪"，再欢乐地去把甲事做完，或弃之不顾。人生嘛，随心所欲地走到哪儿算哪儿，何必那么较真和机械呢？

我看了半天菌丝，就打算去琢磨一下倒垃圾时在花坛里见到的蘑菇是什么品种，于是便把这一坨全世界最特立独行的面饼留在了厨房里。

晚上，我妈哭丧回来，自然是见到了它。

她指着盘子问我："这是什么？"

我说："面团咯。"

她又说："上面是什么？"

答："霉咯。"

然后她又问："这是干什么？"

我说不知道。

"不知道是吧？"她拿起盘中的面饼砸向我，"这下知道了吧！"

我躲过了，为自己的反应灵敏而自豪，对她的失手表示惋惜。

"知道了，你是疯婆子。"我说。然后去捡掉在地上的面饼。蹲下去的一刹那我并不知拿它如何，站起来时就有了一个好主意。

我要用它来喂金鱼。

我把面饼碎块捻成粉，纷纷投进金鱼缸里。那群鲜艳的蠢家伙巴巴地张开嘴吞食。金鱼是停不了进食的，除非没有。

母亲走到我面前，拽住我，抬手甩我一巴掌。

猛然间，我像从酒醉中醒来一般，对周围有了一种奇怪的陌生感。电视柜还是那个电视柜，却不那么愚蠢可笑，茶几上的杂乱物什让我清醒地意识到生活的狼藉与不堪，窗台上的海芋青翠却滴下悲伤的露珠，空间依旧是三维的，直角也还是九十度，一切都和以前差不多却又不一样。

我醒过来了。

我被她的一巴掌拍得坐到了地上，很久都没有站起来。后来，我干脆就坐着，如新生儿那般好奇张望，看屋子里的一切。看累了，我从地上捡起一块碎片，往嘴里塞。

她吓坏了，同时也恼怒到了极点，扬起手，又作势要拍我。

我哪能让她得逞啊，一巴掌的耻辱已经够了。我活在世上的这二十五年来,这是唯一一次挨耳光,并且,我发誓也只会有这么一次了。我顺势一倒,身子靠近了她的粗腿,一把抱住,然后把嘴里带着霉味的面饼全吐在了她的脚背和拖鞋上。

接着,就像我们互相折磨的那段岁月一样,我冲进自己的房间,锁死。

我经常做同一个类型的噩梦。在空旷的地方不停地奔跑,因为身后有危险在逼近。怪兽,或者自然灾害,不一而足。我总是会跑进建筑物里面,锁上门,自以为安全了。醒来想想,那样只有一个出入口的密闭房间,只要怪兽破门而入,就可以瓮中捉我,何来安全可言?然而,梦里我无一例外地逃向这种密闭空间,在自我封闭中寻求安全感。

此时,我的门外就有一头凶猛可怖的怪兽,她吃掉我的梦想又用眼睛喷出有毒的泪水将我化成尸骨,然后用毛线连起骨骼,做成一个木偶。她将我随身携带,随意展示,操控自如。我不要这样的结局。我逃进房间,这似乎还不够。我躲进内心的核里,就像一个桃子,留下软软的果肉任凭人食鸟啄虫噬腐烂,厚厚的桃核是我最后一道防线。如果遇上小时候的我,被她用石块敲开,那么我只好让自己散发出一阵难闻的气味,将讨厌的小孩驱赶走。现在的我,也确确实实成为了一颗臭烘烘的桃仁,所幸坚硬的桃核还没碎。

考虑到躲避怪兽和绝地求生的双重需求,我的房间通向一个小小的阳台,阳台上的防盗窗在安装的时候就预留了一个活动的门以备逃生。这是一个好时机，我可以在房间里通过那个不太惹眼的小门逃走，逃离这个父亲缺失、母亲暴戾的家，和这个充满了怨念的屋子。逃吧，逃到广阔的远方去。

然而，当我走到阳台上的时候，我只是搬了个小凳子坐下来看花。这是一片我付出了诚意劳动的地方，三十几个花盆，它们没有辜负我，慷慨地献出了绿叶和花朵，不问我活得成功还是失败。

这里的花草，很多都经历过了多次劫难，其中大部分来自我的母亲，她看不惯我成天无所事事只养花种草，我那退休干部的生活方式和闲情逸致总能在瞬间点燃她的怒火。她曾当着我的面用热水浇灌一株金边瑞香，也曾趁我不在家的时候偷偷把一盆长了五年的玉树齐根折断。把馊掉的冬瓜汤倒在碗莲盆里。把糖抹在叶片上吸引蚂蚁来啃咬。植物是坚忍的，它们能忍受自然界最恶劣的环境，也能熬过人类最恶毒的摧残。被折断的玉树的叶片纷纷落下，沾到盆土便开始生根，一片皱巴巴的老叶片带着一株嫩生生的小苗，没有比这样的景象更能给人力量了。那盆大玉树后来变成了十盆！这让母亲的怒火也翻了几番。

毫无疑问，如果她不是我母亲，我是不会喜欢她的，不想与这样的人交朋友，甚至连打交道也是能避免就避免。她是个非常自私的人，暴戾而敏感，非常的神经质。她活在自己的世界里，并且只爱她自己。

然而，她是我的母亲，我必须爱她。她把自己的骨血分赠给我，又用泪水换回喂养我的粮食。在漫长的岁月里，她给予我坏脾气和痛苦，让我体会到来自生命最柔弱处的疼痛和哀伤，还有无可奈何。

很长的时间里，我并不知道自己想要成为什么样的人，可是我清楚地知道，我最不想成为她这样的人，我也不想我将来的女儿思考自己想要成为什么样的人的时候，心里唯一的想法是不要成为我这样的人。

可是，我愈是想要走出母亲对我的控制，却愈发看清操控我的线是怎样牵引着我。她自私，我又何尝不是如此？她给我折磨，我也没让她省心。她想通过我获得荣光，我就焚毁自己让她丢尽颜面。一切都是相互的，互为因果，唇齿相依。

我第一次发现这一点是在大学里。有一次与室友吵架，大家都提高了嗓门，忽然间，我听到自己的声音并不是我所以为的那个声音，而更像是我母亲的，无论是音色还是语调都一模一样，就连刻薄的方式也如出一辙。我分不清是记忆里她的声音在脑子里作祟，还是我在愤怒的时候就变成了她——一个浑身充满了泪水的巨型怪物，绿巨人的妹妹。这一发现让我惊呆了，继而是无尽的失望和丧气。所有逃离的努力都变作了把我拉向她的反作用力，就像打弹弓时绷到自己手一样既窝囊又生气。

想到自己一辈子都无法逃脱我所厌恶的那种自己，真让人痛不欲生。

不想，却必须。恐怕这要属人生中必须面对的第一个问题了吧？

接受它是痛的,但不接受就是灭亡。想到这里,我觉得的人生还是有点意思的。

那个夜里,我翻出抽屉最里边的那张纸片,那是邮递员罗师傅给我的一张写有家教中心电话号码的包裹通知单。

纸上,我用红笔写着:"决斗吧,狗日的生活!"

三小时后,我拨通了那个电话。对方"喂"了一声之后,我立马认出那是我高二数学老师丛老师的声音。

那位老师给我留下了极深的印象,首先因为他总是一副睡不醒的样子,而我对这一类人都抱有同情式的好感,因为我们都是对生活漫不经心的人。我也从另外的渠道了解到,他的睡眼惺忪很可能是因为从赌桌上下来后就直奔课堂。没错,他是我父亲的赌友。正因为如此,我打算去他那儿看看,面个试,因为直觉知道这事会挺好玩。

根据电话里的提示,一个小时候后,我到达了距离幸福小区三个街口的"康乐花园"。丛老师的辅导学校位于沿街店铺的二楼,由一个很小的楼梯上去,楼梯上写着"从这里走入名校"、"一步一个新台阶"、"高分的选择"等,黄底红字,看得人眼花缭乱,险些栽倒。

我离开高中已经有七八年了。这些年中大家都有变化,丛老师比以往老了些,却至今没有睡醒。此时正值暑假,来补课的学生很多,他们一脸漠然,好像是烈日下枯藤上的一根老丝瓜,对周遭的一切漠不关心，双目茫然地做着题目，脑子是停止运转的，答案从笔尖流出，纯属惯性所致。曾经的我想必也是这副样子，唯一不同的是，由于身体太差，我每到暑假都会吃不下饭睡不着觉像个游魂，因此就免除了暑假补课的劳役之苦。

经过这七八年，较之以前，我也只不过是胃口稍好，不再疰夏。没精打采不变，无所事事不变，漫不经心不变，依旧一事无成，依旧狗屁不是。

作为往日学校里的好学生，自然是会得到多一点善待的。丛老师给我倒了一杯纯净水，示意我坐下，开始和我攀谈。

"你专业学的什么？"

"城市规划。"

"……这个啊，打算去哪里？建设局？"

"我不知道，也许拆迁队？"我撇撇嘴，实在不知道这个问题该怎么回答。

"那你英语几级？"

"四级。"我本想说考六级那天睡过头了就没去考，犹豫两秒还是算了。

"数学你还记得多少？忘光了吧？"

我想了一下，"貌似无理数什么的还记得。开方也还行。啊，我懂黎曼几何。我有一阵子对非欧几何非常着迷"。

他做了一个意为"这些都是没用的东西"的手势，我就住口了，不住下谈非欧几何对我世界观的改造之类的废话。

"其实，比起给学生辅导功课，我更喜欢打扫卫生。丛老师，您这里要清洁工吗？"我这突如其来的建设性意见让他惊讶了几秒钟。

"为什么呢？"他不解地问。

"因为我喜欢打扫。我喜欢让脏兮兮的地方变得一尘不染，喜欢把凌乱不堪的地方归置得整整齐齐，喜欢把衰败的景象一扫而光，变得欣欣向荣。"然后做了一个"就是这样"的手势，"我大学期间，基本上宿舍卫生都是我一个人做的，次次被评为卫生最优宿舍。这是我喜欢做的事，也是我最愿意做的事"。

这话一说出来，我自己都被自己打动了，一种豁然开朗的感觉让人神清气爽。一缕阳光透过云层照射下来，穿过树叶，照到树根旁的一个牛屎菌上。

于是，我开始在"丛老师高分学校"做起了清洁工，按照当地人的说法，我成了阿姨。梅雨季节也开始了，这不是比喻。

早上，我穿着洞洞鞋打着伞走在新铺好的柏油路上，雨帘把人和车都相互隔开，有一种穿着隐形衣的安全感。路横跨过好几条小河，因为桥是平的，河几乎被忽略了，几天大雨就把河水灌得满满当当，垂柳的梢头轻沾水面，画出一个个圈圈，也不知是在诅咒谁。河水漫到堤岸，仿佛一脚就能跨进河里，这样的深水反倒给了我一种很安全的错觉。路边的店铺都是新的，却有老人坐在门口看店。

看店是次要的，坐在那儿什么都不做，只是看着大雨从天而降，顺着低洼处的导流槽，流进一条看不见的大河，与生命中的每一场落雨交汇，带走时间，让一切归于宁静，才是重要的。坐在门口看雨的狗是百无聊赖的，而猫却是另一番兴致。在五金店柜台上的那只黑狸猫，出神地凝望着充满了雨的世界，似乎在看着一些人类无法望见的东西。柏油路很神奇，看着没有积水，可脚踩上去竟能挤出很多水来。我之前坚持"下雨天不出门"原则，所以不曾见过这个现象，此时竟觉得非常有意思。我这么边走边踩水，走过一个街口，忽然悲从中来：这种童年乐趣，我竟然在二十五六岁才体验到。

胡思乱想地又走过一个街口，收伞，抖掉水滴，钻进逼仄的楼梯。丛老师有三套房子，他把其中门对门的两套中间打通，做了个两百六十七平方米的大教室，但里面是隔开的。学生年龄不等，小学三年级到高中三年级的都有，共二三十个。我刚去的时候，学生们都在呆傻地做试卷，一旦发现了我的真实身份，就不再假装了，丢纸团会故意往我身上丢，或者明明可以把橡皮灰用草稿纸接住扔进垃圾桶，却直接撒在地上。有些调皮的男生直接把口香糖吐在地上，往地上吐了痰后用鞋底涂开，没痰的就吐点唾沫。至于鼻屎沾在桌肚背面那种事，简直就是信手拈来，贴完捻一下手指，向我做个"不成敬意"的表情。

我对这些小孩的恶作剧漠然处之。他们现在这么嚣张跋扈，俨然世界之王，可是要不了十年，一旦他们走出校园就会发现，自己只不过是"教育"这个小黑屋里释放出来的一个低能者,既没有赖以为生的一技之长,又没有改变世界的理想主义情怀,甚至连安贫乐道的态度都没学会。最后,女的当了售货员,因为琳琅满目的不属于自己的物品多少带来一些虚假的满足感,而冬暖夏凉的工作环境符合这些贪图安逸、无法吃苦的小姑娘对工作环境的大体要求。男生么,要么去当推销员,名片上印着"销售经理"就真以为自己是个人物了,要么就去开个挖土机,靠着父辈的人脉四处塞红包,换来承包些土方工程,一年能挣上十几二十万,吃饭喝酒吹牛的时候,眉宇间流淌着未来暴发户的气质。我有个同学,没上大学。在我们大学毕业前夕,他在高中同学的QQ群里说:同学们,我的洗浴中心越做越大,急缺人手,各位女同学如果找不到工作,可以来我洗浴中心做小姐,待遇从优。

　　我默默地清理掉这些未来的售货员推销员和挖土机司机故意制造出的垃圾,把课桌摆整齐,把他们昨晚变成废纸的卷子收拾起来,扎成捆。丛师娘,或者说老板娘要把它们留着当废纸卖。卷子变成废纸的过程,恰如一个学生走入社会。看着这群没心没肺又带着天然的恶的小孩,我想用一个很大的黑色塑料袋,把他们装进去,一并扔进垃圾箱。

　　一心一意地做一件不费脑子的事,身体的疲劳会取代心灵的焦灼,酸痛感由肌肉和关节逐渐渗透至内心,把心里的巨大空洞填满。渐渐地,当这种酸痛的劳累也消失无踪的时候,人完成了某种形式的脱胎换骨。天突然就晴了，日光，不留一丝空隙。

　　我开始打伞走在上班路上。"上班"这个词真是百搭。看着马路边新楼盘外面的广告，心里盘算着自己的收入何时能买下这么一间"风华绝代"的小屋。我现在每天去补习学校两次，每次打扫两个小时，一个月给两千，周末无休，不给缴纳社保。钱虽不多，但工作也不算辛苦，我是说当我习惯了弯着腰拖地之后。经历了这两三年的无收入生活，我对物质生活的要求也降到了最低点。我穿的裤子是超市买的处理品，二十九元一件，棉中带涤纶，宽松而舒适，配上一双布鞋或者洞洞鞋，基本就算是清洁工阿姨的标准行头了。我穿的T恤衫都是大学时代的，那时候比较舍得花钱，或者说我妈比较舍得给我花钱，耐克阿迪的衣服囤了一些，足够我再穿个三年五年。一件新T恤固然有着"新东西"的诸多令人赏心悦目的因素，可是旧衣裳自有它的好，在长久的磨合中，它渐渐记下了穿者的形状，变成了"自己的东西"。从前的我是不会有心去感受外物的这种天长日久才能显现出来的改变，因此也就不会去在意一件衣裳对人生的意义。当我让自己的生活更加俭朴更加简练时，渐渐发现，越来越多买来的东西变成了自己的东西。

　　干清洁工这事我妈并不知道，我只是告诉她，我去以前老师办的辅导学校做事。所以她自然而然地想成了我去当老师，还嘱咐我不要嫌钱多钱少，多学点东西，下半年去报名考一个市教委的教师考试，以后好好当一个老师也不错，至少一年有三个月的寒暑假。

我妈并不理解，并非人人都想当老师。丛老师为何不在学校里继续教书呢？这个问题我悄悄侦查、打探过。他起初是因为经常赌博上课没精神，迟到被扣工资，后来有学生家长向校方检举他赌博一事，学校要处分他，他索性辞掉了公职。那位学生家长与丛老师是在赌桌上认识的，后来在家长会上发现他竟然是自己孩子的数学老师，可怜天下父母心，他虽然很欣赏丛青云的赌品，但作为教自己孩子的丛老师，他就无法接受了。在他看来，一个老师必须为人师表道德高尚操行优良，决不能沾染黄赌毒，甚至连说荤段子都有失体面。这位家长的想法，大多数学生家长都是认同的吧，也只有我父亲这样的人觉得无所谓，书教得好就行了，人无完人，要是没有那么一点小嗜好，人生有什么乐趣呢？辞掉了工作之后，丛老师索性发展自己的兴趣爱好，当起了职业赌徒。既然教书并非乐趣所在，不如干脆依着自己的心意来。他做的第一件事是约那位举报他的学生家长出来一赌泯恩仇。当然，是丛老师赢光了该名学生家长口袋里所有的钱。我父亲跟我说过，赌钱丛老师很内行，赌品也很正，不耍滑头，靠的是脑袋赢钱，因此行里的人都很敬重他。顺便说一句，我父亲这辈子干过很多行当，唯一不变的身份就是赌徒。丛老师的赌博生涯大约持续了两年半，收手是因为赚够了钱，他买下了现在用作教室的房子。也有人说，是输家抵押的。总之就是，他收手了，继续当老师，扮演"教育者"这个比较体面的社会角色。据他自己说，无非为了不让子女看不起他，不让子女被人看不起。丛老师并不爱教育这个行当，他有时候会跟我聊天，说："小姚，你说人生图什么呢？"我一边擦桌子一边说："图个乐子呗，我觉得抹桌子比当公务员有趣一点，所以我就干。"

　　为了打发时间，我认认真真把清洁这种事情做得一丝不苟。我想，如果我是一个城市规划师，我一定要把城市建成一个迷宫，让再熟悉城市的人都会迷路，这样每天上班的路就丰富多彩充满了探险意味，从甲地到乙地有无数条路可走，有无限可能性。这样多好玩啊，空间因为重复而增殖，生活因为多样性而有趣。但这必然有很多人不同意，上班迟到怎么办？约会找不见人怎么办？好无聊的现代人，你们就用 GPS 找寻捷径走你们的路吧。所以，我的城市只存在于我的幻想中。这是让人扫兴的事。但是打扫卫生不一样。干净的就是干净的，如果别人不记得脏时的模样，那么我工作的意义就是让别人忽略掉我的工作，以为整齐整洁是天然的。就像印度教的大神，最厉害的是湿婆，他可不是什么善类，他是毁灭之神，但毁灭的同时也是创造，这一点也启发了有关部门，只有大拆才能大建。而另一位保护神毗湿奴就低调多了，总是做做修整工作，就像我这样。我一边胡思乱想着，一边用湿抹布擦除试卷架上的灰尘。接着又想，我真他妈太会给自己脸上贴金了。

　　因为时间太充裕了，我便着手寻找第二家做，而且很快就找到了。任何行业都是相似的，只要你进了这个圈子，一切就会容易很多。

　　这户人家位于康乐小区以东的别墅区，只有女主人和一个苍白的少年。女主人个子高挑，已过四十，"徐娘半老，风韵犹存"这个词像是为她量身定制的。她总是衣着得体，说话和善，但是总像有一层忧郁之光笼罩在她身上，看起来是一个标准的有钱寡妇。那个苍白的少年被称作"淇淇"，看上去十七八岁的光景，个子目测一米八，奇瘦，不仅瘦，而且骨骼似乎都是弯曲的，没有伸展开来，像一根在极其狭小的空间里生长了很久的韭菜，蜷曲的，缺少生命应有的鲜活颜色。他的头发是黄的，皮肤极白，仿佛从未见过阳光。他也确实很少出门，尽管他们家门口有一块很大的绿地，长着野花野草，他却像从来不曾发现。他极少从他自己的房间里出来，少有的几次见他走路，发现他总是沿着某条看不见的直线在走，转弯是直角，不像一般人那么走一个弧线。直觉上知道这个少年有一些问题，但到底是什么又说不清。

　　这个别墅区有联排的，也有独栋的，我打扫的这家属于后者，花园很大，但基本撂荒。由于女主人非常大方，我收拾一次得三百，一周四次，每次不过两小时。晚上在网上跟一个同学聊天，她在五道口某著名高校当兼职老师，每周上十六节课，一节课四十元。起先，我的心里稍稍平衡了一点，因为清洁工的收入不比高校教师差。过了一会儿，我又觉得太过分了，她连续四节课已经上得筋疲力尽，只能拿到一百六，而我两个小时的洗洗刷刷，居然有三百。于是，我决定帮别墅女主人稍微拾掇一下院子，以安抚我那同学躁动不安的心。大概花了我十几个小时，花园就有点样子了。

其实它的底子不差,有池子有花架的,只是欠打理。我的工资是日结的,干一次给一次钱,随时可以滚蛋,这与辅导学校不一样。当花园恢复秩序和生机之后,女主人多给了我一千块钱。她说:"要不是住东边靠河那家来问这花园是谁收拾的,我还真没仔细瞧它的变化。这么一收拾,就像个家了。小姚,谢谢你。"

东边靠河那家的女主人,也就是我的第三个客户。说客户似乎有点可笑,但这次是她主动找上我的,并不是要请保姆,而是想重新规划一下花园。我不太记得是否曾和第二家的女主人聊起我的专业,可能是说了吧,我不用担心别人因为我的学历高而解雇我,大多数人会觉得一个聪明一点的小保姆好于蠢笨的,我也不觉得在给母校丢脸,反正它也没让我添过什么光彩,况且,我做什么样的职业与它并无关系,也管不着。

我是个植物爱好者,江南的园艺植物能认个七八成,加上做设计图又是一把好手,连夜,我就给第三户人家绘了个设计图,只是简易的效果图,太复杂的一般人看不明白反而容易否定掉。客户看了挺满意的,就开始照着施工了。十几天的工夫,花园就有模有样了。望着焕然一新的院子,我忽然有一种"在这一行做得风生水起"的自豪感。

我依然做着清洁工的活儿,同时干三家,一月有四千五,偶尔还为人策划一下庭院改造,日子竟然也充实起来。

＊亲爱的读者，如果你爱看励志文，我建议你把这部小说的原有顺序打乱，章节顺序变成：六、四、五、一、二、三。这样，它就成了一个向死而生、在徘徊中逐渐走向光明的故事了，而标题也可以改成《我终于知道该如何做个正常人了》。

第四章

寻找父亲

很久之前的一天,我的父亲消失了。那是一个清晨,空气中满是隔夜的灰尘以及我母亲絮絮叨叨的声音。我父亲就这么在晨光中消失了,就像从来没出现过。

我决定去找我的父亲。

这个念头像个口号,刷在心头的浮土上,时隐时现。可是时间久了,就只是瞥一眼那蹩脚的字迹和被台风吹淡的颜色,而不去想它的意思,更不会真正去做。每一次想起这件事,心中的缺憾和对自己的怨恨就增加几分,可就是不想真正行动起来。

父亲消失已经好久了,几个月还是一两年?总之是个春末夏初的时节,是空心菜刚上市的时候。时间在我身上从来就不是珍贵的,一去不复返的,它滞重而缓慢,弯弯绕绕,没有方向。

我说父亲消失了,只是相对于我和我妈而言。他去了别处,对于一些我不知姓名的人而言,他是忽然出现,或者匆匆路过。对于他自己而言,是我们的消失。一个人要怎么对自己消失呢?这是我想知却不知道的。

我从未去深究父亲为何会消失。可能，在我的内心深处，我知道这事一定会发生。或者说我期望有什么事情发生，仅此而已。

我没有去找他。母亲也没有。很长时间里，我俩保持着某种默契，绝口不提父亲，仿佛他还在这个屋子里。开始，他的一切东西都留在原处。用"亲亲"八宝粥罐子做的烟灰缸还在卫生间靠近马桶的架子上，他每天早上总是一边抽烟一边大便，耗时半小时，以前烟灰掉了一地，母亲吵过几次后他随手拿了个铁皮罐子当烟灰缸用着，底里留些水，浸泡了烟灰气味呛鼻。餐桌的一角有个巨大的打火机，仿佛他随时会回来，坐在朝南的椅子上，先用它点燃一根烟，再给自己倒大半杯烧酒。只是天长日久的，里面液化丁烷的容量永远地停在了他消失的那天。

后来，不知道什么时候，我发现父亲的东西全消失了。鞋柜里见不着一双男鞋，甚至连男人臭脚的气味都消失殆尽。酒杯也无踪影。家里不曾见到一丁点烟灰。就连常备药药箱里，也已找不到他常用的追风膏。一切证据显示，他从未出现在我们的生活中。我的成绩单上不曾有过他的签名，我的照片中找不到他的身影，我的电话簿里没有他的手机号码。关于他的一切，似乎是我的一场虚构。

母亲是个冷血的人。我也不比她好多少。可是我们竟然是一对冤家，互相看对方不顺眼。在充满敌视、轻蔑的对峙中，貌似相安无事地生活在一个屋檐下。

从前，我以为自己是离开这个地方的人。可是，兜转了几年之后，我发现自己无处可去。学校已经永久地与我解除了关系。学校所在的城市我也喜欢不起来，它是一个大怪物，用浮华的外表将很多年轻人捕获，吞噬他们的活力、激情和梦想，把他们囚禁在一幢幢昂贵的单元楼里，吸干他们的脑髓，让他们面露呆滞的满足感，每天忙忙碌碌像个上足了发条的玩偶。离开时我就决定永不再进入它的地界。相较而言，家乡小镇更容易让我接受一些。所有的人都活得没有太大的出息，没有太大的意义，这一点让我不安的内心稍稍平静。作为一个失败者混迹在一群碌碌无为者中间，让我有些许的安全感和归属感。正因为如此，我安于现状。

父亲走了。我不太想他去了哪儿。猜想是没有用的，既无力改变现在，也无法导向任何结果。往事，也不是我想回忆的。一个人抛弃所有的往事，也拒绝猜想未来的种种可能，并且对此时此刻不以为意，那么，也就差不多可以消失了吧。

我决定去找我的父亲。

我的床底下有一只箱子，它曾被我用三百块钱换得从超市带回家的权利，之后它随着我从 X 城到大学，静静地在宿舍床底下躺一阵子，每年一两次往返于大学宿舍和 X 城之间，最后被我独自拖回家中，现在它就躺在我的床底下。偶尔我也会陪着它在床底下躺一会儿。藏在箱子里的东西有：两件白色长袖衬衫（一件蓝边，一件纯白），一条薄牛仔裤，一条红白格子连衣裙，一件纯白七分袖上衣，一件纯白短袖衬衫，一件深灰色七分袖上衣，一条纯白半膝百褶裙。一个暗红色封面的记事本，三支水笔，被我用扎头发的橡皮筋捆在一起。

目前没有一个人知道我将去哪儿。

东经100度，北纬25度。没有寒冷的冬天。

K79，上海到昆明，全程2660公里，始发19:17，37小时29分。

我在网上查了很多有关"那个地方"的资料，还好，生存成本不算太高。

我在目前的生活中陷得太久，太深。舅舅修鞋摊旁边的那张破沙发上已经留下了我身体的形状，它变成了一个隐形物，粘在了我的身上，与我形影不离。我想我再也无法摆脱它,能做的只有忽略它，任由它这么粘在我的身上。

我对我的每一个朋友说，我要出发，去远方，去寻找属于我的热烈的生活。我不想在这个地方结婚生子孤独终老，要死也要死在风光无限的路上。生活的千篇一律多让人难以忍受啊，还好我们还很年轻，有两条腿，就要不停地奔跑在路上。我不要重复别人的生活，我要去寻找我的命运。我想趁年轻去看看这个世界的辽阔与精彩，我想用异乡的风吹走我的哀伤，我想去找寻那么一个地方能让我安身立命甘愿不再游荡。

我用这一番忽悠，从同学朋友那儿换来了防晒霜、相机储存卡、万能充电器、备用电源、太阳镜、面膜、信封和邮票、帐篷、防潮垫。

还有两个师姐请我吃了饭，为我饯行。一个说："真羡慕你啊，可以随心所欲到处走，我被家庭拴住了，哪儿都去不了。"另一个说："一定要帮我们实现梦想啊！"

我把他们给我的东西一一记录在册，吃饭的小票背面写上买单人的名字收藏进抽屉。我不想欠别人的，可是此时我无力偿还。欠着人什么的感觉也不赖，至少它会不时地提醒我，如果此刻我挂了，还有不少人会惋惜："啊，她还欠我一顿饭呢。"

我决定去找我的父亲。

我要去一个很远很远的地方。

我对母亲说："给我点钱，我去找我爸。"最后，我还是说出了那句话。

"去哪里找？"她问。

我说："这你不用操心，我有我的寻法。"

她想了想，问："一万够不够？"她回房间里，又回到客厅，甩下一叠钱在茶几上，在她的金鱼缸旁边。

我把一万元分成了两份，一千和九千。大头裹在一件旧睡衣里，然后放在行李箱的中间。

三天之后的下午，我拖着箱子走出大理汽车站，绕开拉客的黑车司机，寻到公交站台。道路是十几年前修的水泥路，有些坑坑洼洼。阳光灼烈，风是干的，吹到人身上，似乎要带走一些水分。我终于等来了一辆公交车，问司机师傅多少钱，他说了句什么，听不懂。

我投进两枚硬币，找空位坐下来。车上大多数是当地人，一律黝黑瘦小，女的身着艳丽的民族服装。热风从窗子里灌进来，像是一个两万瓦的电吹风机贴在脸上吹，将车里的交谈声搅成热烘烘的模糊一片。脑子开始变得混沌，可我不敢睡着。箱子里的九千块虽然放得隐蔽，但被人连锅端也不是没有可能。将近一小时的车程，仿佛绵延了几万年。当我最终从车里出来，投身滚滚的热浪中，竟有几分感激之情。

石板路太凹凸不平，拉杆箱颠簸得快要呕吐。举目皆是两手空空随处闲荡的人，女的都是彩色的长裙，清爽的凉鞋或拖鞋。街道一半沐着阳光像个晒谷场，一半是树阴，挤满了人。我也置身其中。我要去的那个地方，叫"晚来客栈"，是我在网上找好的。走过一段街，向一卖乳扇的大妈问了路，没听明白她说了什么，只好给客栈打了个电话，最后终于找到了。

办妥了手续，拖着行李走向二楼的房间，从天井里抬头看天，瓦蓝瓦蓝的天空中有一朵KFC吮指原味鸡形状的云朵，我咽了一口略带灰尘味的口水，晚来天欲雪，能饮一杯无？

时间是下午四点多，我已经有将近十个小时未进食。饥饿像一场席卷东南大地的台风，带走了我身体里的力量，又远去了。此时的我，拖着两条木知木觉的腿，走向一条裸露在阳光中的小街，在游人不注意的一个小吃摊上要了一份吃的。

我并不知道那些东西是什么，总之能吃就是了。食物是暗黄色的，有红辣椒粉撒在上面，还有很多面目模糊的香料，我用带着酸味的竹签戳了一截，塞进津液丰富的口腔，辣味如炮仗般在嘴里爆炸开来，我用舌头判断出主体是些油炸过的土豆，切成了弯曲的寸条。淀粉经过唾液的分解，产生出令人愉快的甜味剂，它们渗进血液，奔流至身体的每一个角落，细胞有了活力，骨骼都被唤醒，我像一棵早春的卷柏，沾到一丝雨水，叶绿素激活了，变成了一株真正的"九死还魂草"。

客栈单人间是一百二一天，我预定了一个月，算我两千五。我素来不会还价，也没觉得这个价格不能接受。于是就这么住下了。

我在古城里闲逛，和我在螺蛳镇时的状态一样。不同的是，风里的水分极少。我的皮肤干燥，嘴角纷纷起了皮屑。身上也是，先是小腿，继而是大腿外侧，后来连乳房下面也开始干裂，用手指一刮，就泛起一片白白的印子，像劣质石灰粉刷的墙。

除了干，我还是挺喜欢这里的。比如说，没事坐在街边看美女是最合适不过的事情。再没有人来指责我虚掷时光。在陌生人中间，我感到很舒服。来到这里的人，已经摘除了大部分标签，淡化了背景，变成了一个纯然由自身构成的主体。

我发现自己最擅长的就是无所事事地瞎逛并且怡然自得。在街上随意游荡，一个人都不认识，简直就像个孤魂野鬼。走累了就在路边找长椅坐下，没有椅子就坐地上。我把视点放得很低，看腿，看脚踝，看腿毛，看鞋子，看脚脖子上的装饰品，看裙摆，看欢腾的小狗，看车轮，看飞落到地上的垃圾。碰上很好看的裙子，我会顺着往上看看穿裙子的人。看到成双成对的脚，我也会去看看两双脚的主人看对方的眼神。我特别喜欢有些姑娘脚脖子上挂一个银质铃铛，走路时的声音特别好听。我想，等我死了，我不想回天堂，我就要这么在城市乡村荒野到处游荡。

　　我与客栈的人相处融洽，这主要得益于我爱打扫的好习惯。我时常在院子里的三角梅下乘凉，这个时候我会什么都不做，不玩手机、不看书报，就是窝在一张躺椅上，呆呆的、安静的，任时光飞逝，房费又多一天。闲呆的时候，我有时会去公共卫生间上厕所，如果厕所很脏，我会先把它清理干净。很脏的定义就是地砖上有头发、泥点、水渍等，干净的意思就是瓷砖光亮如新，毫无可疑污点和不良气味。我不是个太能容忍脏乱的人。心情不好的时候，我会歇斯底里地打扫屋子，清洗一切可以入水的东西。公共区域我也打扫，有肥胖的徒步客短暂路过，掉下一些烟灰，有一群结伴同行的女学生留下一些瓜子壳零食袋，有情侣买了外卖带到院子里来吃，剩下一些饼屑菜汤果汁在大理石桌面上，有个独行的男孩子喝了一半洒了一地的碳酸饮料……总之各种垃圾都会令我浑身难受，想把它们清理掉。

　　清理这些的时候，我突然想到自己的前途。我觉得我可以回螺蛳镇，当个清洁女工什么，这样，我就直接从一个大姑娘晋级成"阿姨"了。或许我还可以吃胖一点，成为一个从外貌到内心表里如一的清洁工阿姨。我也考虑过留在这里当个清洁工的可能性，不过考虑到兴趣和职业最好不要等同原则，我就放弃了。更何况，我来这里的最终目的是寻找父亲。

大理古城横平竖直不容易走丢。我每天傍晚穿过复兴路，爬上北门城楼去看夕阳。登城楼需要收费两元，我每天都上去一趟，久了，那个售票大叔就不收我门票钱了，估计不好意思了吧。他嘀嘀咕咕跟我说话，想了一会儿我才明白他说的是："每天这么看，有什么好看的？"

我不知道这个城楼是什么时候重修的，反正我对所谓的古建筑都持怀疑态度。城楼的南边，是繁华的街巷，被四方来的游人占据着。街道两旁是商铺，街道路面上全是各种小吃滴下来的油脂，晕出一块块深深浅浅的斑纹。白天的暑热渐渐退去，热闹的人群再次涌上街头，喧嚣声几乎要把空气点燃。城楼的北边，是安静的村子，淡蓝的炊烟直直地上升，溶到更蓝的天空里。天空有云，从西边的苍山上冒出来，每天翻着花样给我看新的，每一刻都是崭新的。太阳沉到苍山的那一边，云朵变得黯淡，街道越发暧昧。风很舒服，我坐在城楼的垛口上看云看天看风景，夜幕渐渐覆上古城，夜凉渐渐侵上膝盖。

你问我这有什么好看的。我不知道。我只知道看的时候我心里很安静，就像城墙侧面的一蓬半枯的草。风吹过我的身体，我感觉自己不存在。仿佛我已经死去,像我生前希望的那样，魂魄四处游荡。

夜还没彻底占据古城的时候，我走到五华楼前，找一个空隙坐下来，看电影《五朵金花》。他们每天都放，我每天都看。每天有很多游客路过这里，驻足看上那么一小会儿，权当休息。有人靠着柱子，一边吃小吃，一边看电影，发出吃吃的笑。有人站到高处，张开双臂展出刚刚在附近小店买的丝巾，跷起一条腿，让同行的旅伴为她拍一张靓照。有比较含蓄的情侣，并肩坐着，安静地看电影，女孩子轻轻地把头靠在男孩的肩膀上。一些当地人也看，咧嘴笑，露出不太好的一口牙，笑得朴实而真挚。

　　巧得很，这个电影也是关于寻找的主题，寻找爱人，寻找爱情。不同的是，我是来寻找父亲的。这事难度要大得多。并且，很有可能不是大团圆结局。我想我在大理是找不到我的父亲了。

　　晒太阳晒够了。云也看够了。在看了27遍《五朵金花》之后，我收拾东西准备离开。

第五章

一个正常人的生活范本

我回来那天，冬天也随之而来。

冬天最先来到的地方是我的膝盖。接着是左手小拇指的第一个指关节。我开始长冻疮了。想着这个问题的时候，我的舌头一直在上排左边的臼齿上来回移动，试图清除掉贴在上面的一小片小核桃的薄衣。当我第六或者第七次从周筱手上的塑料袋中抓出三颗小核桃的时候，我发现我的舌头已经发麻了。由于惯性，我又放进嘴里一颗。周筱说她已经百炼成钢了。我想着的是莱布尼茨那一头可笑的卷发。要是我也去烫那么一头会是怎样的效果？她说他们办公室今天买了二十斤小核桃，团购的，便宜。她问我要不要。我说我没钱。没钱是推辞一切的最好理由，比如聚餐、逛街，或者一起做头发。我没钱去做莱布尼茨那样一头可笑的卷发。周筱说她上班的时候，把垃圾桶放在桌子下边，放在两脚的中间，边吃核桃边往下吐核桃壳。从周筱的口中大略统计，她们今年一起买的东西有：男女睡衣、豆浆机、炒货、羊毛袜子、卡通拖鞋、围巾、瘦身茶、保暖内衣、按摩仪、面膜等。你有我有全都有哇。这样也好，集体行动，省得攀比，和谐社会的样子。所以女人是维持社会稳定的重要因素，也是拉动内需的主要力量。我不想加入她们。可是，不加入意味着我永远是个别别扭扭的非正常人。人们都忽略了我，只有周筱勉强能跟我这么走在夜色中。我很感激她，在我需要朋友的时候她就站在我身边。好在大多数时候我都不需要朋友。我不需要跟姐妹淘一起买东西，甚至连"姐妹淘"这个词我都觉得怪怪的。我不需要别人来肯定我，反正我自己都一直在否定自己。我也不需要向别人倾诉自己的情感困惑。我是个怪异而别扭的存在。但我觉得挺自在的。相反的，如果每天与这么一帮妇女在一起吃核桃，倒是真正难以忍受的事。别人看来很孤独的人，自己倒并不觉得孤独。那些喜欢集体活动的人，才是孤独症患者，疗方就是和同事一起团购睡衣零食袜子，一起咔嚓咔嚓嚼核桃。所以我觉得康德那样的生活挺好的，只是偶尔我也会想，他这一生的每一个夜晚是怎样度过的？他偶尔或者经常打飞机吗？编辑老师，请勿把这句话删掉，或许看起来格调不高，但毕竟也是种人文关怀。我想这个问题的时候，我们穿过了一个饭店，名叫"盛世桃源"。周筱的老公斧子朝着一辆车子说，这个不错吧，很宽敞。周筱问要宽敞干啥？我说可以……那个。核桃被我咬开一半，细碎的果肉混着细碎的壳在舌头上不知所措。我吐了出来，放在手心里，借着路灯光把点点核桃肉都挑拣出来，放回嘴里。核桃是周筱买的，我必须让它物有所值。她是个慷慨的人，有一份很不错的工作，工资的小部分用来买吃的，我是受益者之一。每次收到一个大包裹之后，她就会带两袋过来给我，有时候是榛子，她知道我喜欢吃榛子，也有山核桃、阿胶枣、进口饼干、比利时巧克力等。她把零食放在我的电脑桌的一角，然后拉我出来散步。她说我不能太宅了，得走走，散散心，心情好了，运气才会好。她是个好人，但我不信这套说辞，我跟她一起散步，出于吃人家的嘴软，而非想要运动一下。

江南初冬的夜晚，路灯上蒙着一个橘黄色的光环，我以为那是因为水汽太重，其实是因为我的眼睛散光。我的视力越来越差了，可我不想去配眼镜，散光让世界朦胧而可爱。我有很多可以改变的地方，但我不想去做，我只是慢慢习惯它，或许还带着怨恨。周筱是个积极乐观的人，没有太多的想法，生活得简单快乐，是个正常人。她觉得我这么啥事都不做，一定是在做某件大事，到时候能让她作为朋友也感到很自豪。我知道我一定会让她失望的，因为我看起来什么事情都不做实际上也真是什么事情都不做。她一定不能明白，为何一个人可以什么事情都不做，我也不明白，可我就是这样。

天还不算太冷。她怀孕了，因此穿着宽松的衣服，确切地说，是我们高中时的校服，衣服裤子都是。路过一条巷子，有穿堂风，她的衣服里灌满了风，鼓鼓的，她指着影子说："你看，我像不像一个宇航员？"然后模拟太空漫步，边走边笑。我也笑了。但是这种快乐转瞬即逝。她笑个不停，斧子在一旁说："周筱，你不要笑得像个疯婆子，小心小孩生出来也像你这么傻呵呵的。""傻呵呵的有什么不好？我吃饱喝足，还能散个小步，这生活多好啊，为什么不能傻呵呵地乐呢？"我在一旁看着他们夫妻俩拌嘴。说一点都不羡慕这样的生活，那是骗人的。但是这羡慕有几分，就要打个问号了。我不怀疑别人的真心，只是怀疑它的持久性。人是会厌倦的。就像我现在看着他们，感觉挺快乐，但是要不了几分钟，我就会觉得很烦，想回去一个人静静地发呆，浪费时间。我不知道我能忍一个人多久。她继续太空漫步，学阿姆斯特朗说了一句："个人一小步，人类一大步。"她是用英语说的，她的专业是商务英语。她老公觉得她傻呵呵的，那一定是带着爱意和柔情的。而我现在觉得她傻呵呵的，那是批判性的。她真傻，人性的黑暗，社会的不公，命运的不确定，这些问题难道从来没有困扰过她？她为什么从来不会因为饥饿儿童而失眠？因为她傻呵呵的。我胡乱想着，或许我真是疯掉了。我是个矫情的事儿妈，尽为那些八竿子打不着的事情瞎操心。我还内心扭曲，见不得别人简单的快乐，见不得别人好。醒醒吧，让别人好好生活，你自己也是，好好生活，像一个正常人那样生活。

我的心里翻江倒海，我的脸上挂着月亮才看得到的笑。我走到她身边，挽起她的手臂，我说："你悠着点吧，娃儿要晕船了。"路灯下，我俩的身影亲密无间。走过一个转角时，两个身影合二为一。

未来，我是不是也会有周筱那样的生活？简单快乐，无忧知足，一个男人一个家，一条小狗一个娃。这有什么不好呢？

散步的好处显而易见，我即将冻结的四肢得到了舒缓，冻疮被逼到最小的角落。我和周筱的聊天也很愉快，散步时刻是我一天中最期待的时刻。她是个单纯的人，不对生活做过多的恶意揣测，有什么不愉快，她隔天就忘记了。她从不失眠，她说，睡觉是多好的事啊，干吗要想那些烦心事？她从不追问意义。作为一个悲观者，我甚至觉得我的生活就要走向励志故事的大团圆结尾了。

我们的散步活动，有时候就我和周筱，有时候斧子也参加。他是个会计，为了多挣钱，业余时间还帮另一个小厂做账。他不参与的时候，我们会聊一些比较女性化的问题，追忆一下当年的某个帅哥，或者聊聊某个男明星的绯闻。

后来某一天的散步时间，斧子不在，周筱问我："你有没有想过，如果你父母离婚你会怎么办？"我摸不准她这个问题是什么意思，就愣在那儿。她补充说："我是说小时候。你觉得会对你的性格有多大的影响？"

我说："我性格很差，整个就是个婊人，但是这个跟我父亲的离家出走关系不大。你知道的，我父亲出走才两年，那时候我都21岁啦。人的性格，跟很多因素有关，单单把责任推到某件事情上，不应该。"我胡乱地回答一气，像在研究生面试时那样信口开河。突然间，我醒悟过来："张斧怎么你了？"我真是自私，遇事只想着自己。

她说："上周三晚上，他洗澡去的时候，我用了一下他的电脑，他QQ没下，正好有人找他，我就点开看了。写着：好儿子睡了吗，妈咪要去睡美容觉了哦。字是淡紫色的，还带斜体。头像是个乳沟图案，应该是个女的，备注名字只有个字母N。我觉得很奇怪，我婆婆虽然读过几年书，但不会上网，更不会聊QQ。于是，我直觉就知道，他们有暧昧。"

"张爷不是这样的人吧，你们在一起那么多年了，你还不了解他吗？"

"人是会变的，会喜新厌旧，或者想换换口味尝尝鲜，不是吗？而且我现在又大着肚子，不能干那事。"

"那不成畜生了吗？"

"我就点开聊天记录，他们之间的称呼竟然是儿子和妈咪。我不仅是生气，而且觉得恶心。太他妈恶心了。当时，我感觉自己的脑子要炸了，我想直接冲到浴室里问他是怎么回事。但是，我没有声张。我得掌握多一点的证据，好说服自己。我把他们的聊天记录复制下来，贴在自己的电子邮件里，然后发送给我的另一个邮箱。做这些事情的时候，我的心扑通扑通跳得厉害，真的，比考试作弊刺激多了。然后，我就关掉了页面，假装什么都没有发生。那一夜，我没有睡着，这可能是我人生中第一次失眠。我起来上了好几趟厕所，进进出出，他睡得很死。我坐在床上，看着他，心里全是气，人怎么能这么表里不一呢？我甚至想从厨房里拿把刀过来，直接把他捅死算了。"

我听着她说，不知道怎么回应。我觉得这些事情对我来说太沉重，太遥远了，我并不想知道。我是个碰到问题就逃走的人，自己生活中的问题尚且如此对待，别人的问题，更是要躲得远远的。奇怪的是，我经常被当作情绪垃圾桶，因为我嘴严，我不会把别人告诉我的事情再添油加醋往外扩散。有时候我很烦别人来向我倾诉，我一不是知心姐姐，二不是心理医生，三不是人生导师，凭什么要听这些啊。每个人都跟我说故事，觉得自己的经历天下无双，值得写成一本书，事实上，狗血的故事大抵相似，甚至连对白也是雷同。有时候，我又想听听那些破事，毕竟，生活多无聊啊，有人比我过得惨，总是件欣慰的事。适时地听一些八卦消息，能够让人更有存在于这个红尘俗世之中的确实感。

　　当然，倾诉者一般也不指望我能帮到什么，我连自己的生活都过得这么糟糕呢，谁还能指望我给出有建设性的意见和建议？他们就是需要有人听而已。我能做的，也就是这个。此时，我正在给周筱提供"聆听"服务，这种服务是免费的，或者说，是我用它来偿还那些被我吃下肚子的零食。除了听，我还需要带着一些情绪说"嗯""啊""不会吧""别伤心，会好的"之类的话。

　　夜色下，深秋初冬的空气虽然清冷，却让人头脑清醒，不像夏天那般黏黏糊糊浑浑噩噩。我的想法异常清晰，出轨的男人坚决踹走，因为这种事情有一就有二，说明他对婚姻法则根本就不在乎，他的大脑受鸡巴的管控。当然，周筱还对她的男人抱有幻想，她正怀着他的孩子，她不知道没有了父亲孩子要怎样长大，她没有考虑过没有了这个男人今后的生活怎么过，她害怕面对这些问题。我还在大学时，每逢周张争吵过后，都会充当一下爱情顾问，我向来劝离不劝和，给她列举对方的种种不是，条分缕析，一通疏导之后，人家床下吵架床上和。后来我就学乖了，再也不在小两口闹别扭的时候瞎掺和，以免等他们和好后里外不是人。因此，我只是听着，必要时"嗯""啊"敷衍。

　　她接着说："天快亮的时候，我睡了一小会儿。上午上班时，我看了那些聊天记录，我发现，那个女的是个有夫之妇，据她自己说，丈夫经常在外做生意，她的儿子都上初中了，寄宿的。你绝对猜不出他们是怎么认识的。他们是在一个找妈妈论坛上勾搭起来的。起初，我以为那只是个网络上的寻人启事，点进去看了才知道，都是一帮好吃懒做的小年轻找中年妇女，给钱给干。我看的时候都觉得脸红，他怎么有脸做出这种事情？后来，我就更改了我的小号的个人信息，换了个小帅哥头像，删掉空间里的一些东西，去加了那个女人的号。和她聊了几句，她就让我给她看看她的小宝贝。对，她把那个叫作小宝贝。叫我，就是那个我虚构出来的大二金融系在读学生，叫大宝贝、好儿子。"

　　故事越来越精彩了。

　　"她就是条发情的母狗，见到公的都往上扑，并且还喜欢那种嫩生的，没经验的。装忧郁的最能打动她。张斧就是这么说的。他对那个母狗说，他刚毕业，正在准备考会计证，工资很低，女朋友瞧不起，女朋友家里反对，要分手。楚楚可怜的落魄贵公子。那母狗就安慰他，好宝贝，一切都会好的，妈妈的大奶子给你摸个够。你看，就是这么变态。"

"你准备怎么办？"

"我不知道。你说我该怎么办？"

"我哪儿知道啊，这事我可真是一点经验都没有。"我说的是实话，我真没有过这种跟变态人类打交道的经历。

前阵子，我还因为周筱婚姻生活的甜蜜而对生活产生了一些积极的想法，想要精精神神地活，做一个更好的人，然后和一个不错的家伙结婚，生下一个自己看着还算可爱的娃儿，不问意义地过完一生。现在，这个插曲让我加深了对人性之复杂的认识，命运的不可靠再一次撂倒了我，我不想战胜它，也无法战胜。

"你说，如果只是精神上出轨，算不算不忠？"

"你确定他们没有干过？"

"没有。那个女的在南京呢。我确定他这段时间没有出过 X 城，而那个女的也不可能过来，因为张跟她说自己在苏州。"

"应该不算吧。我不知道。"我敷衍着。脑子里开始乱起来，耳边有阵阵轰鸣声。

"我现在脑子很乱，不知道该怎么办。这事我还没跟他谈。也没告诉我妈，你知道的，我妈一直不喜欢他，赚得又少，性格又内向，半天不说一句话。我不能告诉我妈，她一定会劝我离婚的。最近，我睡得很差，也没有胃口，要不是为了肚子里的宝宝，我真想趁这个机会减肥呢。每天，我躺在他身边就感到恶心，仿佛能听到那个女的在喊小宝贝。小宝贝，也真够小的。"

我在想，她怎么还没哭。

"前天，我借口说自己没有力气做饭，就回娘家住了。我妈也以为我是害喜太严重了，就好吃好喝伺候着，没发现有什么不妥。"

我什么也说不出，默默地看脚尖，看影子，看树，看路灯，看路过的车子。这一段路特别漫长，我走啊走，走啊走，就是走不到尽头。

我伸出手去，拍拍她垂着的胳膊，说："会好起来的。"

这样的安慰之词真是一点用都没有啊。可是，她听了，就哭起来了。她把脸趴在我的肩膀上，她的脸上肉真多，泪水更多。

她的身子颤抖着，声音断断续续，夹杂着很艰难的喘气声。在无边无际的泪水里，所有的温暖，皆来自心伤。

我感知着她的泪水的温度，突然明白，这个夜晚，我一直在等待这一刻。

"我们回去吃点好吃的吧。"

我，周筱和张斧，都是中学同学。高中时，他们两个并无任何恋爱的迹象，只是张斧偶尔会找周筱讨论政治试题。记忆中，张斧颀长而纤弱的身影在周筱的课桌前晃荡，他总是站不正，晃啊晃的。

他们是从大学开始恋爱的，异地恋，一个在南京，一个在西安。课余时间和假期，周筱在麦当劳打工，为了存路费去看望他。有一次，在从西安回南京的火车上,她给我发短信说:"怎么办,还没出秦岭,就想他了。"

我并不看好他们的这段恋情,我觉得张斧配不上周筱。张斧羸弱而阴沉,并不像他的名字那般粗野而蛮横。他总是营养不良的样子,说话细声细气,常常说一些古怪的话。高中时,有一次我在食堂里吃饭,他坐到我对面,闷声不响埋头吃饭,过了一会儿,突然抬头对我说:"姚黄,你知不知道,吃相难看的女生性欲强呢!"我愣在那儿好一会,不知道怎么回答他,最后低头继续啃鸡翅。他像躲在阴暗角落的某种动物,突然间会跳出来吓你一跳。他让人不舒服,这是关键。周筱是鲜活的,她皮肤红润,精神饱满,成天把笑挂在脸上。她对生活充满了热情,你可以说主要表现在"吃"这件事情上,但是,光是听她说吃的,你就会觉得心情舒畅。散步的时候,她会突然说:"今天的月亮,就像咸鸭蛋黄。"我回她说:"嗯,就像被苏丹红染红的咸鸭蛋黄。"你们看,我也是这么的惹人讨厌。我时常觉得自己配不上周筱给我的这么好的友谊,因此我常躲着她。

两个人好不容易熬到毕业,本以为终成正果了,却遭到了家里的反对。周家反对的理由是,张斧学的会计却连个会计证都没考到,在一个小厂做财务,工资很低。张家反对的理由是,周筱太胖太能吃,花钱大手大脚。不过,双方家长并没有坚持多久,因为周筱火速怀孕了。在他们的婚礼上,我说了一段发自肺腑催人泪下的贺辞,我真心希望他们的生活会给我提供一个好的范例,让我看到世俗生活是值得去拥有的，琐碎的日子并不总是饱含怨恨，平凡的人生虽然平凡却含着暖暖的光。

现在，张斧出轨了。或许只是精神上。对于精神出轨这件事，我是不可忍的，但每个人的尺度不一样，周筱能忍。她在娘家住了一星期，就被接回去了。

又一天，散步时我问她："你想好了？你能原谅？"

她说："身体没出轨，就算了吧。孩子不能没有爸爸。"

出轨和妥协，是同时出现的一对，并且有一次就有无数次。

"两个人生活，没有什么是不可忍的。"她幽幽地说，像是在说服自己。

我无言以对。毕竟，那是她的人生，她自己选择的生活。

第六章
那些让母亲哭的孩子

"你的同学钱初三牺牲了。"我妈冲进我的房间,劈头就冒出这么一句话。我拉低被子,朝她看了一眼,回了声"谁?"

"就是那个爷爷生的男孩,你同学,"她接着说,"昨天夜里的车祸,他自己开的车,撞在公路边的山上,当场就死了。死相很难看。"

她把装着早餐的塑料袋放在我的床头柜上,对我说:"趁热吃。"然后就走了。我听到先是我房门关上的声音,没多久听见家里的大门也关上了。我挣扎着从被窝里坐起来,披上一件羽绒服,把早饭拿过来,开吃。是个烤红薯,有点烫,我小心地撕掉了上面的皮,在边缘处咬了一口,舌头呼噜呼噜打了几个转,咽下一口红薯。红薯很香,尽管那是我妈买的。吃完了滑进被窝里,或睡,或发呆。虚度时光是我擅长的不多的事情之一。躺在床上东想西想,一不留神就到下午了。

谁都知道初三的身世。当年,初三妈妈还是个医学院没毕业的学生时在一家医院实习,没过多久便被院长搞大了肚子。那时院长已经是年近半百的人了。初三妈妈哭哭啼啼寻死觅活，于是院长做出了一个惊世骇俗的决定：让她嫁给他的大儿子。于是初三现在的爸爸其实是他同父异母的哥哥，而他喊爷爷的那个人是他的生身父亲。这件事在我们螺蛳镇无人不晓。每次我和我妈谈及初三，我妈都会说"知道，就是那个爷爷生的小孩"，然后还不忘感叹一句"他都那么大了啊~"估计这事在当年也是轰轰烈烈的。而且，我们还知道，初三名字叫初三并不是因为他是哪个月初三生的，而是他学医的母亲认定她是在初三受孕的，据说她现在仍保留着那本被画上一个圈的台历。

　　与以往不同的是今天我在钻回被窝之前，给林晨音打了个电话。我说，初三死了。她说："不会吧！前天我还跟他聊很久的。"我把早上我妈跟我说的话复述了一遍，问她，你回来不？她说："我快要考试了，你替我在他坟上放一朵花吧。"

　　我挂掉电话，再也不想躺在被窝里了，胸口闷，我有点难受。之前，我还没明白到底发生了什么。同龄人的死亡这种事情我之前从来没有想过，怎么就会突然发生在我的身边呢？初三虽不是什么大善人，但总体来说还是个不错的男孩子啊。他的身世并不是他的错，他本不应该承受这些的。他阳光，帅气，爱运动，打篮球的时候样子特别迷人。高中时，倒追他的女生很多，只是他一直喜欢着林晨音。他喜欢她，直到死。

　　其实，我不想再回忆往昔，只是，对于死去的初三来说，再也没有"将来"可以憧憬。关于那段青葱时光的记忆里,空气中弥漫着香樟树的清香。在油油绿绿的树叶下,少年们诉说着永远。可是那时的永远保质期很短,短得像一朵海棠花的绽放。

蓝天下,教室靠窗边位子上的初三正在给他爱慕的姑娘写信。他穿白衬衣,卡其色的运动裤,红色的匡威帆布鞋。他戴着眼镜斯斯文文,他的头发清清爽爽。他的字迹很漂亮。他用雪白的 A4 纸写信,信纸的右下角,是他手绘的芙蓉花,他最爱的姑娘,那个收信人,我的好朋友林晨音,最爱芙蓉花。初三绘画很好。之前的三年,每隔一周的周末,他都放弃与男孩们打球,混在几个女生之间一起在教室里出黑板报,只因为她肯定会出现。

林晨音是那种人见人爱的女孩子。学习成绩数一数二,性格开朗大方,笑容自信,无论什么类型的活动,她都会积极参与。说起这些的时候,我像老师在给学生填写成绩单一样。后来的两三年初中时光,林晨音成了我最好的朋友,我们经常腻在一起。高中,她去了 X 城中学,我直接升上了十二中的高中部,初三与我是同班同学。

我和林晨音保持着书信交流。初三经常给她写信,但她很少回,有时会在写给我的信中说些关于他的只言片语,有时会把写给初三的那张纸条也装在给我的信里,让我转交。因此,他是跑传达室收信最勤的。每当我收到林晨音的来信,他就会坐在我的旁边,满心忐忑地等着我把信看完,然后凑上来问:"怎么样?她过得好吧?"

有没有提到我？能不能给我看看？"

他疯狂地收集与她有关的一切东西，就连他们以前打闹时她掷向他的粉笔头他都如获至宝地收藏起来。我和林晨音有一张合影，是运动会期间某个同学随手拍的。照片上，我和林被一群幼儿园小朋友簇拥着，我表情尴尬，她落落大方。拍照的那个同学洗出两张照片，我和林各一张。我嫌恶自己的表情，就把它夹在一本副科书里，后来那张照片不见了。直到高考之后，初三才告诉我，他拿走了那张照片。

本科的前两年，我依然与林晨音互相写信。从她的信中得知她与一个清华的男生在谈恋爱。初三在当兵。他时常给林打电话，曾经一次打掉过一张150元的IC卡，创下了林的宿舍纪录，此后无人打破。

我无法得知他们通过电话聊了些什么，也不想再去探究。当我尚未去回忆这一桩一厢情愿的爱情故事时，我以为它会缠绵悱恻催人泪下。可是当我写下上面的字，只剩下一阵唏嘘。哪有那么多感天动地？它甚至不值一提。如今，它被我想起，无非因为当事人早早过世。如果换了另外一个人，他结婚生子长命百岁，或许早已变成了年少无知犯下的一桩二逼事，羞于启齿。这样的故事很多人都经历过，以后也会被重复一千次、一万次。它既不空前，也不绝后，它悲伤，也是千篇一律的悲伤。

起床，开机，上网，看看高中同学群里有没有什么消息。群里的人都在谈论这件事情，感叹生命的脆弱和人生的无常。有几个跟初三关系好的男同学今天一早已经去过事发地点，说车子被撞报废了，想必当时的车速一定很快，幸亏附近没有其他车辆，不然就殃及无辜了。他们商量着要不要去送送他。其他一些女生附和着，她们都是软心肠的女孩子。

我觉得我是有点生林晨音的气。她太绝情了，一个男生用一辈子的时间喜欢她一场，她却不愿意回来一趟。考试？考试真的那么重要么？或许，这就是我和她之间的差别吧，她永远会把自己的目标、自己的事情放在最前面，为了这个目标，她一切都可以放弃，而她的目标，无非就是"优秀，成为最好的那一个，做赢者"。我能从理论上理解她。被初三那么长时间喜欢着，她肯定是感觉复杂的，一则觉得很自豪，能有人这么痴情地爱自己，一则很烦恼，她不能接受他，因为他俩压根不是同一个世界的人。如今，她正在北大读研，要怎么接受一个高中辍学的小混混呢？

在林眼中，初三肯定就是个小混混。高三上学期，他读不下去就参军了。入伍前，他因为是平足差点被刷下来，据说是他爷爷花了钱打通关系他才能顺利当兵的。在部队里，他爷爷又找关系让他去读了军医大学，回来后，入军医院当医生。我是不敢找他看病的，我甚至不敢去那家医院了。

高中时，初三就不怎么学习了，成天就知道谈恋爱、打架。他经常拿一张自己手绘的空白信纸，找我教他写情书。我不怀疑少年的真情，但情书上的内容，我连个纸张的折痕都不信。那时候，有个女生对他死缠烂打，有时候直接把他堵在楼梯口，扑到怀里要强吻他。为了摆脱那个叫佳丽的女生，他谎称和赵倩在谈恋爱，而赵倩，就是他死之前的未婚妻。

关于赵倩，我知道的一件事情是，她高中时有一次买彩票中了五十万，至于那钱怎么花的，我毫不知情。还有就是，她长得还算好看，是一种狐媚的美。我不喜欢她，关于她的事，我知道的就止于这些了。

我跟周筱同学说："赵倩也算蛮可怜，这是不是就是克夫命啊？"

她发了一张图片给我。照片是在宾馆的房间里拍的，画面中的两个人都穿着浴袍，女的胸口敞得将露未露。姿态是亲密情侣的样子。很久我才认出来，女的是赵倩，跟中学时相比，她留长了头发，烫了卷，染黄了，尽管穿着浴袍，却没有卸妆。这个男的不是初三。这是个胖子，满脸的油光和横肉。这是螺蛳镇男人常见的相貌，无棱角的扁平脸，薄嘴唇，脖子多肉，目光市侩，气质庸俗。

周筱告诉我，这是从赵倩的QQ空间里截图出来的，她经常上传这样的照片。她和初三都是各自玩，在家里长辈面前装作恩爱，不装要不到初三爷爷的钱。

关于初三的挥霍无度，我是有所耳闻的。他经常以自己的特殊身份来要挟父亲和爷爷给他钱。有时候，他爷爷不给他钱，他抬手就打。有一次，初三一把揪住爷爷胸口的衣服，老头儿说："初三哎，你别打我，我是你亲爹啊。"初三立马就暴怒了："你不说这个还好，说了更要打你了。"

周筱说："你以为他是怎么死的？当时车上还有个小姐呢，他叫了个鸡，一边开车，一边叫鸡帮他口交。"

我看到这一行字，惊得说不出一句话来，甚至连想象力也枯竭了。我的手上长了冻疮，我的脑浆冻结成冰，我忘记了语言，我一个字也写不出来。

周筱问我，去不去送他一程？很多同学都去的。

我想了想，"不去了"这三个字从我手中流淌出来，那么自然，发自肺腑。

我想我还是太纯良了，时间在我身上仿佛比别处流逝得慢，别人已经结了婚又离掉了，我还处在"后学生时代"。我时常沉浸在过去的时光中，总觉得周围的人都还是懵懂的少年，对男盗女娼之事的认知还停留在明清小说中。我还是个生涩的果子，倔强地挂在枝头，而他们早已经熟透，甚至内里生了虫子。

毕业至此，我尽量避免一切人多的聚会，同学的改变让我浑身难受，我拒绝看到，也不想被别人当作对比的对象，包括为了告别一个年轻人离开这个世界的聚会。

在这之前，我时常责备自己的冷漠，对人和事的看法过于消极，凡事总是先看到坏的，怀疑别人的真情，一切付出在我看来都是别有所图,所有不求回报都是另有目的。可是,回想起初三经历的这些，以及他自己的所作所为，我再一次看清感情这种事情，无非是互相取暖，不过是纾解肿胀。我还能说什么呢？恶心感挥之不去。

我闭上眼睛。仿佛有一根发红发烫的男性生殖器抵在咽喉。它样子蠢笨，野蛮而粗暴，它不以自己为耻。

那个小姐毫发无伤，如神庇佑般躲过了一场摧枯拉朽的劫难。眼前的，或者说嘴里的这位恩客死了。那是他一生中代价最重的勃起。

我最终还是去了丧礼现场。

我本不想去的，只是我出门倒垃圾的时候，顺手把门关上了，站在垃圾桶前想起来没带钥匙。我看着紧锁的大门，忍不住叹气。我拿它一点办法都没有。

我打算走过三个小区去初三家，找我母亲拿钥匙。

我的母亲是个职业哭丧婆。这是一个消失多年又复苏的职业。要从事这项职业，有许多硬件必须过关。不了解的人可能会认为哭丧婆必须长得一脸悲苦、身世凄惨，这样一哭才能催人泪下，带动全场。其实不然。那些人家更愿意请那种家庭和睦、身材健硕、很有福相的女人，认为这样才能给丧事带来好的"福"气。然后就有一个疑问了，这样五福俱全的人，能哭得出来吗？这就是一个好的哭丧婆的职业素养问题了。我母亲是整个螺蛳镇乃至 X 城最好的哭丧婆。无论当天有多开心，只要一进丧礼现场，浑身的肥肉都渗透着泪水和悲伤，哪怕是空气的微微颤抖，都能像针尖刺破灌满水的气球，一瞬间就喷薄而出。哭完一场，收工，面容和蔼地与雇主家告别，路上与同事有说有笑。

我迄今没去看过我妈工作时的样子，关于她是怎么工作的，我都是从她的只言片语和村里人的口述言传中进行想象，形成模糊的画面。

我从母亲那儿得知，丧葬产业其实挺大的。民政局那一块官方的就不说了，单就鼓乐队来说，不仅仅是提供一个乐队，还包括丧礼场的搭建，含简易棚、桌椅等出租。谁家有人过世了，打个电话，立马有小车开过来，带上了全套的设备，顷刻就把架子给撑起来了。鼓乐队还有和尚提供。和尚是野和尚，会念各种经，熟稔做法事的各项流程，披上袈裟就上岗，脱了袈裟回去睡老婆，工作生活互不相干。我的一个儿时玩伴现在就做这个行当，日子过得挺小康。要说，为什么不请真和尚而要请野和尚呢？真和尚多贵呀，他们有政府补贴，才不在乎赚那点外快呢，想请还不一定请得到。野和尚多好，不光念经，还帮忙出点力，扛个东西什么的，完全不端架子。

我母亲与鼓乐队的关系是合作性质的，她不属于任何一支队伍（台面上叫"丧葬文化服务公司"），但跟每一支队伍都关系良好。这并非是因为她人缘好，主要还是技术过硬。以前，在我大三的时候，有一次她跟我打电话，略带忧心地告诉我，最近有个女的抢她的生意，挣的钱不如以前多了。过了几个月，她又告诉我那个女人不干了，没生意。并不是每一户办丧事的人家都舍得花钱请我母亲那样的职业哭丧婆去现场表演，但无奈自己哭又没那个效果，于是采取了一个折中的做法：买CD播放。我母亲录了许多CD，哭爹哭妈各种版本的都有，二十五元一张，与市场上的正版歌曲CD差不多价格。CD的销路还行，但有钱人还是喜欢请她去现场表演，毕竟，丧礼就是一个讲排场的地方，此时不炫耀，就真的没机会了。听过我母亲现场哭丧的人都赞叹她有一种神奇的魔力，能带动全场来吊唁的人的悲伤情绪，尤其是在大殓和出殡这种高潮部分，参加葬礼的人无不被她的哭声感染，就算平素与死者有再大的过节也都会烟消云散，沉浸在生离死别的哀痛之中，泪洒坟头土。

这两年的物价高，我母亲的出场费也高，基本就是三天一千块。别人舍得花这个钱的原因之一是她非常敬业，丧礼举行的三天之中，她除了喝水、吃东西，基本上一直坚守岗位，哭得伤心欲绝肝肠寸断。有的雇主看她这么卖力地哭，生怕她脱水休克意外死亡，往往会在人少时拍拍她的肩膀说："肖大姐，意思一下就行了，注意身体呐。"愈是这样，她就哭得愈是卖力，雇主家看着过意不去，临走时给的"喜封"里再多加两张。

之前，我并没有去过初三家。但是走进小区，循着吹吹打打的哀乐声走去，远远地就能望见红白蓝三色彩条篷布下摆着十几张圆桌，因为不到饭点，塑料椅子都叠在一起，花花绿绿的垒成一摞。乐队见有人来，打起精神吹吹打打，来一曲《苏武牧羊》之类没头没尾没完没了的歌曲，随时可以开始随时可以结束。家门口的左侧，摆着一张写字台，坐一个账房先生，摊着一本"万年账"，把来客的名字写上，注明吊唁礼金数目以及附送的物品名称和数量。之后，从写字台一侧的柜子里拿出一条毛巾摊开在桌面上，又拿了一条长糕、六颗糖，放在毛巾上，再打开写字台的抽屉，拿出一包烟，认真地把东西码好，用毛巾把它们卷起来，交给来吊唁的人，作为主人家对吊唁者的谢礼。来人接过毛巾包，往腋窝下一夹，就跨进门槛，走进屋里。遗体放在家里的堂屋，躺在卸下的门板上，头朝北，脚朝南。床板下放一个草编蒲团，供吊唁者一进屋便跪下朝死者磕个头。

门框上贴着白底黑字的挽联，写着"良行美德千秋在／高风亮节万古存"，我琢磨着意思，忽略掉账房先生，直接走进灵堂。按照习俗，死者的女性亲属需要一直围坐在遗体旁，一俟吊唁者进门，就开始嚎哭。但是初三的葬礼不一样，因为他是个年轻人，在他遗体旁哭泣的只有他的母亲。

我的母亲也在屋里，和初三的母亲靠在一起。起初，她并没有在哭，与其他人低声地交谈，声音细细碎碎，像一把撒落在地上的谷子，带着干燥的气味。我走到她身边，她抬起头来，母亲对自己孩子的到来是有心灵感应的吧。我说"钥匙"。她起身从裤兜里掏钥匙给我。我默默接过钥匙，走出了灵堂。

我和母亲很少交谈，对话都是简短的，谁都不想多说一个字，就像今天早上她为我买了早饭，只说"早饭"两个字。名词和动词，才有存在的必要,形容词、副词、连词等,都是多余的。在她的世界里,哭可以表达一切情绪。

但是此时,她并没有哭,因为这只是工作,工作讲求目的性和效率。只有为了获得丧礼气氛,哭才是需要的。

出门前,我瞥见初三母亲的脸。那是一张尚未完全老去的脸,皱纹不多,也还能隐约看出年轻时的美丽容貌。她的脸上全是泪水,眼睛红肿,嘴唇苍白而干燥。她浑身有规律地颤抖着,已经哭不出声音,任泪水不住地往外流淌。

我一言不发地走出去。我走了几步,又折回去。

初三死了!他才23岁!他死了!

我在马路上闲逛的时候,再也不能搭他的顺风车了。他的后代将不会出现,他的坟头将无人祭扫,在他的父母死后。一切戛然而止,就在他的汽车撞上山体的那一瞬间。那是一个寒冷的冬夜,人们都在向被窝寻求庇护和温暖。那个时刻我在做什么?可能是像所有无所事事的时刻一样的无所事事。平庸到再也无法记起。没有丝毫值得铭记。平庸得可以随手丢进那个叫"平庸"的巨大黑洞。可是于我而言,那样的时刻还有千千万万,而对于初三则再也没有。他是不是一个好人,已经不再重要了,死亡用黑色的墨汁覆盖了一切。他再也没有更改的机会了。

迟疑着,我又跨进灵堂。大红绸面被子盖着一具尸体,他不痛不痒,无悲无喜,他变成了它。几天前,他还是一个鲜活的人。心里永远藏着一个笑容自信的短头发姑娘。他充满了缺点,智力平平又好逸恶劳,无甚本事却想获得自己不配得到的地位。他淡漠善恶,放纵欲望。可是这些缺点是人类共有的。我也有,你也有,我是说你,我的读者,我的同谋,我的兄弟!

现在,他死了。他躺在一扇门板上,身体僵直,破损残缺的肉体由内而外正在腐烂。明天,他将被烧掉。大火点燃后的某一刻,他会腾地坐起来,然后再次倒下,彻底死亡。骨灰是一些无机物,与灶膛里扒出来的灰并无太大的差别。他们说,他就是扒灰扒出来的。

我知道,一切活着的生命最后都会交给火焰。可是,这场大火似乎来得太早了些。他还没有来得及长成一个大人,还没有跟拿他开玩笑的命运算账,还没有断掉对林晨音的执念,还没有让一个女人受孕,还没有为柴米奔波,还没有在子女的考卷上签名,还没有看到子女重复他的故事,还没有拿到退休金,还没有垂垂老矣不能勃起。总之就是一切不该这么早结束。他做的错事,不应该由他母亲用泪水来偿还。

我又走了进去,沉默着,望着它。他已经变成了它。

初三的母亲正在叠着纸锭,在两场哭泣的间隙积蓄起悲伤,让自己空空的身体里灌满泪水,好在下一次哭泣的时候能够一触即发。

我想说点什么,可是说不出来,呆立在那儿良久,我对我妈说:"妈,我走了。"我已经很久没有说出这么长的句子了,对我妈,眼前这个身躯魁梧、浑身写满悲伤的职业哭丧婆。她把所有的泪水都献给了陌生的死者，只为弥补自己双亲离世时的遗憾。

  在我跨出灵堂的那一刹那，母亲的哭声漫过天空。我立在冰冷的空气中，空气是固体的，全世界都被凝固在彻骨的寒冷之中。我的皮肤结成了冰，我的血液不再流动，我的骨骼变成了冰柱，悲伤毫不迟疑地刺进我的心。痛，冰冷的痛。哭声在冰块里蔓延，结出丝丝缕缕的线，将一切物体缠绕住，越缠越紧。

  那一刻，我明白自己早已经死去。床脚边还有没洗的内裤，抽屉里还有没写完的诗，爱人尚未到来，父亲至今下落不明。我有那么多的来不及。我有那么多的未完成。我有那么多的空白岁月，我有那么多随意丢弃的梦，我有那么多作废的时光。好在我已经向母亲告别，此后，再无遗憾。

  屋子里，初三的母亲哭干了眼泪，却还做出嚎啕大哭的样子。那个名叫小满的懦弱的男子拍拍自己法定妻子的肩膀说："好了，别哭了，以后没有人会问你要钱了。"

空闲工夫
剥野菱

时间是凌晨1：45，我第四次从厕所里出来，心怀愧疚，因为我用的水和草纸比她们的多——钱是四个人平摊的。之前，我坐在温暖的马桶上差点睡着。当我意识到必须回到床上才能睡觉时，我想就从这里开始吧。

在此以前，我们一宿舍的人讨论怎么帮我们的佛学老师和我们曾经的室友王纯如同学做媒的问题。我不得不承认上了年纪的女生（我是指像我们这群大四的，乃至研n的）都喜欢八卦，而且一旦有机会都能在某一方面展现出非凡的才能。由于我们几个都是次要人物，我将在下文的叙述中隐去姓名，用甲乙丙丁来指代，也在另一方面使得该事件具有某种普遍意义。

纯如是个美女，大约是曲高和寡，她到大四还没有男朋友，因此在人群中她显得遗世独立而又落落寡合。这是一种冷艳而迷人的气质，当它遇到我们佛学老师的那种看破红尘的大觉大慧时，爱情产生了。

在我凌晨两点的浅睡眠里，这是多么美妙的事。我甚至看到了他们的下一代握着一个会叫的塑料小白兔在学校情侣草坪上蹒跚学步的温馨画面。我们参加同学聚会时，总是忍不住夸赞这一对璧人，同时也回忆一番当初为他俩做媒时的情景。大学生活太无聊了，撮合这对人是我们四年中做过的唯一有意义的事。

我们四个人同时为这一想法激动着，乃至集体失眠（集体失眠，多么后现代的事啊，我男朋友如是说）。第二天佛学课上又集体睡觉。醒来时遂觉机缘将逝，懊恼不已。

丙问乙：要不要把我们的方案告诉纯如？

佛学课比较深奥，我等肉体凡胎之俗人都感觉佛法宏大而我们一个字也听不懂。因此佛学老师总是一副高僧讲经的模样，将我们带入五里雾中。我们一致认为佛学老师很孤独，而我们的王纯如同学又是最具慧根的一株（好苗），因此，我们的方案甲便是：极力鼓动纯如在课堂上发言，最好能就一个问题谈上一节课，这样佛学老师很容易就会对王同学产生好感。这个方案是需要当事人配合的，因此，尽管简单，实施起来仍有一定的难度。原因如下：一、王纯如是个固执的人，她若是不答应，没人能说动她；二、王纯如脸皮比较薄（不像我），对她说明意向后，即使她原本对佛学老师有好感，也很有可能因恼羞成怒而将爱意抹杀；三、我们不了解佛学老师，若他不喜欢咄咄逼人的女生，那么我们此举极有可能将两人关系推入死胡同而没有了退路。

因此，英明神武的乙（也就是我）宣布：大家先缓一缓，暂不实施方案甲。如此，我们又睡掉了一节课。

晚饭过后，老大来我们宿舍视察。她一语中的：你们几个今天有点鬼（"鬼"在此是形容词）。老大就是老大，我们放个屁都逃不过她老人家的法眼（是"法耳"，她纠正乙）。老大之所以成为老大，还因为她有着老大的块头。她在我的椅子上坐下，我立即就听到椅背在嘎嘎作响，像是中了大力金刚指。

众喽啰纷纷献媚，向老大详述自己的妙计。一个个来，甲先说（同上，略）。丙喝口水，清清嗓子开讲（像女干部）：佛学老师年纪不小了，我们大一那年博士毕业，就算一年也没耽搁也该有三十出头了吧。（今年三十三，老大说，属虎的。）想想，这么一个大龄青年闲置在家，最急的是谁？当然是他妈了。（他母亲，乙说，请注意用语文明。）我们王纯如呢，有一张印度美女的脸（还有肤色，丁说，众人笑两秒），只可惜体型过早进入中年状态（不需要这么委婉，老大说。老大与之类似，甚至有过之而无不及。众人心中默笑两秒），所以导致她如花似玉的年华只能孤芳自赏。各位，这是多么痛心疾首的事啊，在我们这么一个美好的社会主义大家庭里，居然会有这样的事！（这是丙惯用的句式，她一向如此激情澎湃，看官们莫要惊慌。）当然，最痛心的还是我们勤劳善良爱女心切的王妈妈。试想一下，女儿养到那么大，供她吃供她穿，还要培养她上大学，这是多么辛苦的事，最后却落得个嫁不出去的结局，哇——（在她"哇"的间隙，乙补充说，鉴于王同学平日里好吃懒做嘴巴又刻薄，将她列为一祸也未尝不可，因此，王妈妈想嫁女儿实际上是想嫁祸于人。一致通过。）

所以，我们要伸出人道主义的援助之手，帮助这两位可怜的母亲。（我们一齐注视着她，她又喝了口水，端正坐姿讲道）我想好了，我伪装成居委会大妈（你不需要伪装就很像，丁说）去为两位妈妈说媒，只要说通了二老，一切就OK了。发言完毕，谢谢。

我们一致恼怒于丙的发言前奏太长，还没到关键处就戛然而止了，让人扫兴。

老大点评：可以说丙的方案还是有闪光之处的，比如说它所体现出的人文关怀。但是，我们不能重新提倡封建家长制度下的包办婚姻嘛，尤其是我们妇女同志，要积极捍卫婚姻自由、爱情自由嘛（老大的话总是这么有魔力，让我们回到了五四时代）。下面，我想听听丁的方案。

终于轮到老子说话了（她捋捋袖子），听好了，我们要将他们分别打晕，或是下蒙汗药，扒光光扔到宾馆里，咔嚓咔嚓拍一卷照片，到时候，嘿嘿，两人就乖乖结婚吧。

喊，下三烂，众人说。

什么下三烂，这叫直奔主题。丁说。

老大说，这个我们可以看出什么人做什么样的事（老大英明），颇具丁氏风格。但是，这样会使我们的社会风气趋向消极，于建设和谐社会不利。

爱情，爱情在哪儿呢？丙问。没有爱情，只有婚姻。丁答。

我认为小来同志（佛学老师姓来，很少见的一个姓）是相信爱情的，从他对田美人（那个广告班的美女，甲补充）的迷恋中就可以看出。事实上，田美人长得并不好看（驴脸，雀斑闪闪发光），但她有一种美态，脖子修长腰板挺直，走路坐姿让人联想起古诗词中的美人。像仙女，不食人间烟火。（我前天还看到她在路上边走边吃烤羊肉串呢，丁说。）小来同志对她的感情只限于远远欣赏，像看一尊佛像。他曾在课上说一个男的以爱女神的方式爱他的女朋友是审美的，在他眼里，这或许是爱情的最高境界吧。他甚至不因田美人有男朋友而停止这份爱（怎么？丙问），上学期的选修课上，他总是让田起来回答问题，总是注视着她的方向，搞得广告班乃至全院的人都知道他喜欢她。田也很尴尬，后来有几次上课就把男朋友带去了（他一定伤心透了，丙说），可是天晓得怎么回事，后来小来竟和那个男的关系非常好（所谓"同情兄"也，甲说）。

　　那么现在呢，我们都很想知道。老大的描述极具八卦价值，现在他仍然一如既往地对她吗？

　　周一上课前，我在楼下看见他们两个在聊天，内容没有听清。后来田美人说要先走一步上课去了，便转身往606楼走去，而我们的小来老师则怅然地站在604楼下凝望着她渐渐远去的背影。

　　我们都被老大细致入微的观察力镇住了，敬仰之情有如那个啥和那个啥，也就不用我多说了。

　　所以，我们面临的问题有：一、不确定王纯如对小来老师的感觉如何；二、要将田美人从小来的心中抹去；三、制定出切实有效的方案。

下面我想听听乙的方案。老大发话了。

啊,我亲爱的老大终于想起我了,是时候向她表白我对她的一腔赤忱了。老大,你把我安排在最后是知道我的方案最好是压轴的对吗。亲爱的老大,你的心意我最懂了。

我极力压制内心的波澜,打算尽可能详尽地描述我的计划,以便更好地让老大了解到我长久以来对她的爱慕之情。

我们知道,小来老师和教新闻传播的鄂老师是一起来我们学校的。鄂老师曾在课上提到过小来老师,认为他将会成为一位大师。而据师范班的人说,来老师在课上讲他经常到鄂老师家去蹭饭,还夸鄂夫人厨艺精湛。综合两个人的口供,我们不难推断出两人的关系很好。(丁插话:会不会有那么一种可能,来老师因为爱着鄂老师而不结婚呢?想想他那天上课说鄂老师"他呀,早婚早育",心中肯定是很伤痛的。)我们也知道,去年鄂老师因为要带孩子和家里搞装修,他开的视觉文化选修课基本都是由王纯如同学帮忙代课、收发作业等,可见他们的私交也非同一般。如果你们认为这纯粹是公务上的关系,那么我可以再提供一个证据:有一次王纯如让我替她把一张碟放到鄂老师的信箱里,我放错了。我问王纯如要鄂的手机号码,以便向他道歉,王纯如说哎呀,这种事没关系的,我跟他说一声就行了。口气仿佛是他的小秘,对他十分了解,也让我读出她的潜台词是:他的事我王纯如可以说了算的嘛。(丁插话:那么,王纯如有没有可能爱上鄂了呢？无奈他已经有妻室了，她只能将这份爱深埋在心底，同时默默地为他做点事。啊，伟大的付出！多么凄美的故事。对了，鄂的言谈间好像不怎么喜欢他的老婆，没准他喜欢的是王纯如呢？啊，一对心灵相犀却又不能在一起的人。）跳过丁的胡言乱语，我继续说，我认为，要使来、王两人的关系有突破性的进展，关键在于鄂老师。他们两个需要一次私下的、深入的交流，以便更好地了解彼此。可是，眼下除了课堂上，他们很少有机会碰面，更别说什么交流了。我们的任务就是制造这种机会，如果有鄂老师的配合，事情就容易多了。比如说某天鄂趁着来老师上他们家蹭饭的时候，打个电话让王纯如过去一趟说是去取下一次上课要放映的片子之类。纯如去了之后总不会一见到来老师立马就走吧，于是不就可以深入下去了？

我以征求意见的目光脉脉地注视着老大，于是她说，乙的方法可行。

我觉得天地间突然有万丈光芒，霞光四射，尽管现在是晚上。

乙，说说你打算怎么把鄂老师拖上贼船呢？

主席，各位评审，首先我要证明的是鄂老师身上所具有的八卦性。他曾在课上细数过赵薇前男朋友的恋爱经历并上溯到他父亲历任的职位，他知道王朔是在哪所小学上学的，他对哪个明星用什么方法减肥之类的问题如数家珍，这些足以证明他的八卦指数已经达到了殿堂级。（丁插话：八卦性可以看出他身上具有某种女性气质，由此可以联想到为什么小来会喜欢他。）试问，一个八卦的人怎么会不愿意当红娘呢？（很久不说话的甲插话：我不是对乙的论证过程有疑问，我只是想建议不要用"红娘"这个词。据我考证，红娘之所以那么一心一意地要撮合张珙和崔莺莺，很可能是出于私心。对，她爱上了张生。可是自己只是一个丫环，连人身自由都没有，想要嫁给他定是无望。于是她千方百计要让小姐嫁给张生，这样她也就能常伴他身边了。其实莺莺开始并不怎么喜欢张生那个傻帽，只是在红娘的设计下跟他搞过了，才开始喜欢他的。这不妨可以看作她更喜欢性，由性生爱。因此"红娘"是个复杂的词，具体用法有待商榷。我说完了，谢谢！——甲的话引起了短暂的骚乱）那么就说"媒人"吧，"媒介"也行。我想鄂老师是很乐意促成这段姻缘的。于是问题就只剩下怎么让鄂知道自己的重要性并且愉快地接受这一使命。比较直接的做法是：后天在他教室外面堵他，向他说明这一切。这么做有一定的风险，他很可能心里很乐意脸上还要装出有违师道尊严而不能答应我们的尴尬表情，弄得我们也尴尬。而且，如果他会错意过早地向来老师捅了出去，后者可能会认为是王纯如唆使我们这么干的，那岂不是损害了我们小王同学光辉灿烂的形象？我还有另一种比较委婉的做法：我们可以给鄂发一封电子邮件，内容嘛就说出我们的种种分析，然后让他来续写结尾，他不可能不懂我们的意思。你们觉得怎么样？

我的目光依然只是聚在老大的脸上。

一致认为很不错。她们授权乙执笔写这封隐晦邮件后就陷入了无休止的遐想中。

王纯如是个圆咕隆咚的小宝宝，小来老师是个球状的大宝宝，他们两个是天生的一对，凑在一起再生一对，哇，一家四个圆圆的家伙，实在是太美妙了。纯如的妈妈很会照顾人，又是本地户口，以后就由她连带着照顾她的姑爷和外孙，一家人像一个幼儿园。王妈妈买玩具要一买四个，"小朋友乖啊，不要哭，大家都有玩具，不要抢……"

我迫不及待想要把这个美好的景象告诉王纯如，甲乙丙丁四人中，就属我和她关系最好了。我妈妈曾说我是"头发里藏不住一粒虱"的人，她的意思是我的心里藏不住一件事。为什么头发里要藏一粒虱呢？我不懂，至今也没想明白。我总是弄不清我妈说的那些俗语是什么意思，比如"空闲工夫剥野菱"，我认为这是一种美好、闲适的生活状态，可我妈说的时候分明是贬义的。

王纯如说："你们还真是啊，空闲工夫剥野菱。"

我一惊，盯着屏幕上的这行字看了好久，于是忘了讲正事，只顾着追问这个词的意思了。王纯如说这个只可意会不可言传，词语嘛，靠的是语感和领悟力，你没这个慧根。她说到慧根，我才记起自己的使命。"小来同志不错的，你看你的名字结尾是如，他姓来，连在一起就是如来，这是佛的旨意啊，不是缘分是什么？"她和我扯了一通什么如来如去来来去去非来非去。我又说："你看你们两个多登对啊，有对食物共同的爱好，在一起肯定有聊不完的话题，比如哪边新开了一家餐馆听说不错啥时候去瞅瞅啊，比如哪边来了个新的瑜伽减肥教练啊。"她说我无聊。无聊就无聊呗，这世上的人哪个不无聊？不为无聊之事，何以穷有涯之年？空闲工夫不剥野菱还能干什么？"纯如啊，结婚是人生大事，早晚都是要考虑的，而且在我看来，早点结婚总比晚了好。你想啊，现在你挑结婚对象，就好比大清早去买青菜，看着都挺水嫩的，那就赶紧买吧，可你偏要嫌卖菜的往上面洒多了水。到中午去买，可都是蔫唧唧的了，如果你那时还不抓紧，到了傍晚就只有烂了一半的了。你说是不是这个理？你好好考虑考虑吧。"

第二天的佛学课，我们都期待着能发生点什么。王纯如没让我们失望。当佛学老师说到自己口齿不清当不了播音员时，纯如说，去唱歌啊，周杰伦不也和你一样，可人家赚了那么多了。甲乙丙丁四媒婆相视而笑。

为了庆祝初步的胜利，放学回去的路上，我们各自在耳后的头发上插了朵硕大的粉红色木芙蓉花。一行四人浩浩荡荡地走在社会主义幸福的大道上，意气风发斗志昂扬。

"我们的第一个问题顺利解决，今天纯如课上的表现说明她对佛学老师是很有感觉的。"

"岂止是有感觉，你看她说话那样，就像小夫妻斗嘴，妻子娇嗔道：死鬼，人家周杰伦唱歌赚了那么多，你哪儿比不上他呀，你也去唱嘛。"

"我想起个事,上学期小来的选修课,王纯如可是一次课都没落下,而且每次必坐第一排。想想不觉得很奇怪么,纯如是那种难得去上课、上课会周公的人,凭她风雨无阻地去上小来的课,也能说明个中缘由了。"

"对,对,她在第二次上完课后曾评价他是我们学校为数不多的有脑子的老师之一。"

"似乎来和田美人的事最初是由她说出来的,好奇怪。"

"这足以证明她对来的感情。想想啊,我们一般谁会去关心老师上课时多看了某个同学两眼?只有处在暗恋中的女人才会特别敏感地观察这个。"

"我想她告诉我们来老师和田美人的微妙关系,一方面是此地无银三百两地表明她自己与来老师没有关系,另一方面她在内心很希望我们听到之后会否定掉这一切,也消除她心中的疑虑。只可惜我们太不懂少女的心啦,反倒把这个影子当成真的新闻在整个院里传播。哎,我们无意间伤害了她的心了,可怜的纯如。"

"昨天我在 QQ 上和她聊起这事,她没有明确地表示她不喜欢来老师,只是说他一个搞如来的能有什么前途,要是他家的《大藏经》是唐时的手抄本倒是很值钱。这话的意思不是明摆着吗,都开始为将来考虑了。还有,她说希望我们这些人做媒不要把媒婆给倒贴进去了。这是啥意思呢,她怕我们过多地和小来接触让小来对我们之中的某一个心生好感。"

"因此可以下结论了：王纯如是很喜欢来老师的，她虽然表面上是拒绝我们为她做媒，实际上是欲拒还迎，只是不好意思承认罢了。接下来的事就只剩下一桩：打通鄂老师这一环了。好吧，乙你多费费心，散会。"

我，光荣的乙，作为首席媒婆，先来回忆一个故事给自己打打气。说，有个小伙子上一姑娘家去相亲，媒婆端出一张饼，说是姑娘做的，她害羞不敢出来。小伙子吃着饼，觉得味道特别好，媒婆问："摊得怎么样？"（注：吴方言里烙饼的动词用"摊"）小伙子直夸："摊得好，摊得好！"姑娘嫁进了门，小伙子发现她是个瘫子，觉得上当受骗，便去质问媒婆怎么给自己找了个瘫子做老婆。媒婆说："相亲的时候不是问过你'瘫的好不好'，你自己连说两遍'瘫的好'吗？"小伙子无话可说，只得回去和自己瘫痪的老婆过安稳日子喽。我告诉自己，作为一个媒婆，我要左右逢源八面玲珑，要快刀斩乱麻尽早让生米煮成熟饭。

又一天，我去教研室拜访指导我毕业论文的孟老师。孟老师是个严肃的中年人，从来不跟同学开玩笑，但他的学问扎实做事严谨，我很敬佩他。孟老师吩咐我看哪些书，要注意哪些问题，我心猿意马想着尽快去找鄂老师。突然孟老师问我有没有男朋友，我一愣，说没有。他叹息着：得赶紧找了，连你们的来老师都有女朋友了。我赶紧问是谁。他说你还不知道哇，就是你们班上的×××同学啊。

我倒吸一口冷气，然后挤出一个笑容说真的吗，我还真不知道。

从教研室出来以后，我看见天地间变得很奇妙。太阳是三角形的，天空中有猫在飞，池塘里开满了一朵朵云彩，粉红色、淡蓝色、鹅黄色，屋顶上有一枚枚巨型的鸭蛋在滚来滚去。

我知道不用去找鄂老师了，一切都解决了。

我把在教研室的情况跟他们三个说了一遍，毫不怀疑事情的真实性，因为不苟言笑的孟老师是从不会乱说话的。

几天后，王纯如说作为报答，她请我们吃饭，在某某饭店。基于对王纯如吝啬本性的深刻了解，我们判断她这一次一定受伤很深。

四个失败的媒婆战战兢兢地坐在饭店的豪华包间里看着一身喜气洋洋的王纯如感到末日审判即将来临。

"纯如，我们知道你心里不好受，都是我们的错，是我们不了解情况就乱点鸳鸯谱，这顿饭该是我们请你，算作赔罪吧。"我花了好长时间才把这些话说完，心里想着妈呀这要多少钱啊。

王纯如看着我们笑了，笑得很灿烂。见鬼，她脑子坏掉了吗？这一笑让我们毛骨悚然。这么长时间朋友一场，她用不着这样吧？

"进来吧。"她冲着门外喊，应声进来一个小男生，笑容可掬地向我们点头，吓得我们不知所措。"介绍一下，这位是我的男朋友。"她又向他一一介绍我们，我们好奇地打量他。他像王纯如的儿子，比她矮了半个头，块头也明显小了几号。

介绍过后，王纯如把他打发走了。

"你是在哪个中学里发掘到他的,多前卫的老牛吃嫩草啊。""他不是你找来的托儿吧?""他肯定还是童子身,姓王的你真有本事!""典型的俄狄浦斯情结。""纯如你没事吧?"……

"各位,这个话题就此打住,再多说我可就要翻脸了。你们这些人的爱情观太庸俗了,看看,一个个都在想什么呢!两个人在一起最重要的难道不是心灵的契合吗?他个子是比我小很多,可是他是个大丈夫。他才华横溢、博学多才、待人温和、心地善良,这些难道还不够吗?"

她说得我们无地自容,一脸凝重。

"最重要的是,哈哈,他家里特别有钱。今天这顿饭是他请的。"

于是我们又笑靥如花。你王纯如也是俗人一个嘛,还好意思慷慨激昂地说我们。

我们暂时忘掉了没有做成媒人的沮丧,也忘掉了大学四年没有做一件有意义的事的悲伤,更忘掉了佛学老师和他那个该诅咒的女朋友,专心对付起眼前的这一桌价格不菲的口粮。

"纯如,你是怎么爱上他的,总不会是单纯看上他家里的钱吧?"我仍然不甘心。

"因为他说我有一张佛一样的脸。"王纯如得意地说道。

"佛一样的脸?也就是说下巴下面有充满智慧的褶子喽?"

众人喝得脸上一片红光,杯盘狼藉,不知西东。

"告诉我,来老师的女朋友到底是谁?"出门时王纯如悄悄地问我。

"是老大，很奇妙吧。"

我抬头看天，看我信仰的方向。天是蓝的，云是白的，太阳不多不少正好一个，是圆的。

这个奇妙的世界。

后记：谨以此文献给我的母亲，希望她欣慰地发现我越来越像她了，并希望她不要老是愁女儿嫁不出去，其实最大的希望是能用此文换得稿费，为她买一件羽绒衣。

赤脚去印度

我想去印度。很久很久以前就想去了。

开始的原因很简单，因为我长得又肥又黑。他们都说我像个印度人。以前是印度女孩，现在则是印度女人。其实这是一个误会。印度人大多是白种人，确切地说是雅利安人，不像我这么黑。

我在很久以后才意识到印度和我们就隔了一座山。然而我们总是忘了山那边有个印度。一个有着和我们同样悠久古老文明的民族。一片同样有着众多人口的土地。我们忘记了他们，就像他们也忘记了我们。这说明我们的文化一样欠发达。

我问过其他人对印度了解多少。答案如下：

咖喱很好吃。头上缠布条。歌舞片里的女人很风骚。如来的老家。又脏又乱人又挤。甘地。恒河里满是洗澡的人。如此等等。

我想印度有的不该只是这些。应该还有其他更多。

可是其他什么？

可能是我初中时历史和地理学得太不好，以至于脑子里印度这一块几近空白。唯一记得的便是印度女人很黑，就像我这样。她们穿的衣服（那似乎叫纱丽）总是露出腰和肚脐，当然主要是肥肉。

我摸摸自己的腰部，赘肉和图片上的她们差不多。她们的眼睛深邃，双眼皮很漂亮，我也是。我有足够的理由相信自己是个印度人。或者说，我能让其他孩子相信我是一个印度人。

我们这一代孩子似乎都是早熟的，很小的时候就开始懂得在班上暗暗比较，评论哪个女孩子最好看。很显然，我的相貌不符合大多数人的审美观。

我在14岁的某个下午，故作神秘地告诉当时和我比较要好的女生一个秘密：我有印度血统。在说这个秘密之前，我先告诉她另一个秘密：我手中的这只棕黄色的蝴蝶展开翅膀后是世界上最美的蝴蝶。一分钟后，这只蝴蝶很配合地张开了翅膀，露出了她最爱的矢车菊一般的蓝色，所以，她理所当然地相信了我的话。

她是我们年级里最惹人爱的女生，所以，她的话具有某种权威性。可喜的是，她同时也是我们年级里嘴巴最大的女生，什么话都藏不住。所以，不久之后，大家都知道并且将信将疑地接受了我有印度血统这一虚构的事实。

我知道，关于印度，大家像我一样一无所知。

对了，那个女生姓张，我在日记里颇为阴暗地称她为"张大嘴巴"。

我从小就有撒谎的天分，而且总是无意识地篡改一些事实。但有时也说真话，以下便是：

我的妈妈很漂亮，皮肤很白，我爸爸也是。

我用遗传学的知识能理解为什么我的眼睛很深（像妈妈），为什么我的鼻子很高（像爸爸），可就是想不通为什么我那么黑（爷爷奶奶外公外婆皮肤都很白）。

妈妈给我的解释是因为我小时候没有喝母乳。至于为什么没有喝，我认为决不是我奉行素食主义不想喝。妈妈说她身子瘦没奶水，我不相信。经过多年的观察和思索，我得出的结论是：她怕乳房下垂，不肯奶我。

妈妈至今仍很漂亮，身材也没怎么走样，而爸爸却已经发福了，啤酒肚挺着像有六个月的身孕。这是爸妈现在矛盾的根源，也就是说妈妈嫌爸爸太丑了，爸爸又嫌妈妈打扮得太妖娆。他俩成天吵啊吵，很少顾及到我。于是我就一个人躲进厨房，任他们吵个天翻地覆。

厨房是个好地方，那里有着诱人的气息，更重要的是它是想象力产生的源泉。

像我妈妈这么漂亮的女人一看就是不会做菜的，而我这体型，似乎就是为烧菜而生的。我怀疑我一生下来就会自己做饭了，要不然那个时候他们吃什么呢？

我爱做饭，当然也爱吃。带着无穷的想象去做一道菜，然后再满怀虔诚地把它们吃进肚子，我相信在这个过程中我找到了生命的真谛。

基于这个原因，我怎么都不会去减肥。尽管我的一些朋友比如姚黄之流经常劝说我要为了将来而努力，可他们的这一努力总是白费。

烹饪是一门艺术，在厨房里，我意识到自己是个真正的艺术家。这种满足感我想是那些常年节食的女生这辈子都无法体会到的美妙感受。

我妈妈绝少进厨房，也很难得跟我说几句话。我不知道是因为她词汇贫乏还是其他，每次她总是说："唉，丫头，你怎么会生得这么丑啊！"我想告诉她我不丑，只是胖了点，黑了点。可是在她看来，胖和黑就是漂亮的反义词。我越来越清楚地意识到自己无法和她沟通，可能是因为她智商太低了吧。

我时常在想我父母的生活是如此平淡乏味，是什么在支撑着他们继续？始终没有答案。他们的所有精力都在自身和他人的容貌与物质生活上，这让他们纷争不断，又乐此不疲。我在青春期的时候就发誓不要过他们那种生活，因此，我对很多东西都很感兴趣，比如厨房，比如书，以此来拓展我的物质和精神世界。

前不久我看了一本书，《幽黯国度》。它使我想起了很久没有提的印度一事。我想起了我想去印度，很久很久了。

然而对于喜马拉雅山那边的那片土地，我几乎一无所知。

但我仍要去那里。去了不就知道了么？

奈保尔出生在特立尼达，那是南半球上的一个小岛，与印度相去万余里。他的祖先是印度人，他不是。可是他长久以来都被一种类似乡愁的感情所困，那种感情说不清道不明，它甚至不是文化上的寻根。我想他和我的情况类似。于是他在某一天回去了。

他说……

他说什么来着？我看过就忘了。

我对着一本地图册开始琢磨旅行路线。

我从北纬30°出发，一路向着西南，到西藏，翻过喜马拉雅山，到达印度的阿萨姆邦。或者沿着雅鲁藏布江向下直到它在异邦更名为布拉马普特拉河。

不晓得唐僧和玄奘分别走的什么路线。得空我打算研究一下。

还有几件事情要做：

1. 了解印度。

2. 学习梵文。

3. 弄明白为啥要去印度。

暂时就想到这些，排名不分先后。

我在图书馆阅览室里遥想着印度。

关于印度第几本书：

[英国]V.S.奈保尔"印度三部曲"《幽黯国度》、《印度：受伤的文明》、《百万叛变的今天》；

[英国]E.M.福斯特《印度之行》；

[日本]妹尾河童《窥视印度》；

[美国]戴尔·布朗主编《古印度：神秘的土地》；

西川《游走与闲谈》；

林许文二、陈师兰《佛陀的故乡》；

海帆《印度诱惑》。

另外还有吉卜林的书,我没有看过,我在图书馆里找不到。

我们学校的图书馆很破,或曰古老。游记类的书才两排,左边架上最底下一排和右边架上最上面一排。我讨厌仰着头看,更讨厌蹲下去找。由于我肚子上的肉,后者的难度系数更大一些。所以我看到的关于印度的书就只有这些。

我想象有一个人蹲在我左边的地上仰着头看我踮起脚尖去取最上面的一排书,上衣往上提,腰就露出来了,当然连同肥肉。视力好的还可以看到我穿着老年妇女专用胸罩,雪白的,与黑皮肤形成强烈的对比,不可谓不耀眼。我拉了拉衬衫,心想管他妈的。

"管他妈的"是一种对付尴尬的很好的方法,可惜我悟到的时候已经很晚了。在此之前,每当我遇到尴尬,唯一能做的就是默默地哭。这是一种很没骨气的行为,我妈对此很恼火。她会扇我一巴掌说:"哭有个屁用!"上帝原谅她的粗俗。她说的确实很对。而且,恐怕这是她一生中说的最有道理的话了。在我过去的二十几年中,大部分的时间里,我看电影或者小说的时候总有个习惯,每当我预感到主人公要出丑被人笑话的时候,我总是跳过不看那一段。然而自己的生活却无法拿个遥控器跳过,所以我更喜欢想象的世界。

在我的想象里,我光着脚爬过喜马拉雅山,来到印度,嫁了一个贱民,生活在贫民窟里,每天在印度政府大楼的走道里清理官员们的便便。印度人喜欢随地大小便,甘地也改变不了这一现象,只能倡导大家不要在打扫卫生的贱民下班之后随地排泄（这一想象灵感来自甘地的自传）。《印度之行》中的小姐第一次看到别人在户外办大号时吓得晕过去了。所幸我不是贵族小姐，我不怕看见一大片光溜溜的屁股，相反的，我倒是很喜欢这种壮观的景象。我将是其中的一员。

我想象以上情景的时候，脸上不由自主地露出了神秘莫测的笑容，姚黄谓之傻笑。这是我神游印度的标志。但通常，别人从我堆满肥肉的脸上解读出来的是胖姑娘特有的那种憨笑。

我仰着头看书架最上面一排的书。我的视力处在要戴眼镜和不要戴的中间状态，一般情况下我都选择后者。我揉揉眼睛，调整一下眼睛的焦距，以便能看清每一个五号字。

就在这时候，我发现地板上传来了我微笑的回声。几乎在同一时间，我的脚感受到脚底下有一个软乎乎的异物。

可能是一块橡皮，但橡皮不会叫。或者是一个带哨子的塑料钥匙扣。这个说法比较合情合理。谁丢了钥匙扣呢，我还是去交给图书管理员吧。可是这年头这种钥匙扣已经不多见了，谁会用这么老土的东西呢？一定是个上了年纪的女博士。

现实和想象还是有一定的差距的，事实上，我踩到的是一只手。一个男的正蹲在我旁边找最下面一排的书，手撑在地上，重心前倾，像只瘦田鸡。

接下来我做了一个让我这辈子都没想明白为什么的举动：我抬

起了脚,在他的身上狠狠地踹了一下。

他嗷嗷叫了两声就跑开了。

我转了转脖子说了声"好酸",然后继续找我要的书。

那个被我踹了一脚的人肯定会认为我是个神经病,然后大叹今天运背。我想以后他出门之前定会翻翻皇历,看看宜忌。我个人认为对他踹的这一脚是有好处的。

我坐在早已用纸笔占好的位子上,伸着脖子找刚刚被我踹过的那个男的。未果。我甚至忘记了他穿什么颜色的衣服。

红色?我特别讨厌穿红颜色衣服的男生,因此会给他来上一脚。这个理由我自己都不相信。确切地说是不愿相信,因为如果承认这一点,就是默认了我自己有和公牛一样的癖好,这总不大令人愉快。

绿色?不会,我特别热爱花花草草,从不忍心践踏。

屎黄色?也就是通常所说的驼色。那种颜色让我忍不住想把它消灭掉,因为很恶心。

蓝色?黑色?粉红色?紫色?诸如此类。不知道。

阅览室里空空荡荡,一共几个人掰手指就能算得清,绝不要脱了袜子借助脚趾头。我的目光从每个人的脸上扫射过去,最后落在一盆谢顶的文竹上。不想也知道这不可能。

于是,只剩下两种可能:那个人走掉了,或者是我其实没踹任何人。

我愿意相信是后者。因为我一向认为自己是个坚定的和平主义者。看到我爸妈吵架的时候，我的这一信念就会更加坚定，脑子里想的是用遥控器把他们的嘴巴调到静音上。

当然，前者的可能性也很大。举例证明：前几天我拿了片竹叶走在大厅里的时候，一个男生看着我发出"咦咦"两声。我冲他大吼："你神经病啊！"他吓得撒腿就跑。于是我继续吹着用竹叶做成的哨子（它发出一种夹紧了的屁声）施施然走出阴暗的教室进入外面的阳光中。这说明我很凶猛，基本属于悍妇一类，而且骨子里有种暴力倾向，带有攻击性。

私下里我也承认自己是个伪和平主义者，同时也是个伪恶者。

写到这里的时候，我变得很泄气。我最初把这篇东西定义为小说，可到现在却一点情节都没有，就像一个人包子吃掉一大半都没有吃到馅，难免要冒火。

我的生活就像一篇糟糕的小说，没有高潮，甚至算不得有情节。二十二年的生活一直是平铺直叙，乏善可陈，令人厌倦。

一对成天吵架的活宝父母，一群牙尖嘴利的损友，加上一个奶妈样的身躯，这便是我王纯如生活的全部。对了，还有辛苦生长了那么多年所获得的嘲笑与奖状。

不可否认，再操蛋的生活它也是生活。可是为什么？

想着这些的时候，看到一本书，《生活值得过吗》。我呆呆地看着书名，脑子里很久都是一片空白。

这不是我的风格，为此我对自己很恼火。

回到第二种可能,我想还有补充的地方,我说"没踹任何人",这其中隐含着一个重要的问题,那就是我当时身边到底有没有人?

如果答案是否定的,那么,我想我有必要去一下医院。

我胡思乱想了那么多,说明的问题只有一个:我喜欢上了那个人,可又不想承认,于是千方百计想给自己找台阶下。

那个男生对我说:"王纯如,你有一张佛一样的脸。"

我感到莫名其妙,佛一样的脸就是说下巴上有很多赘肉咯?要是他回答"是的",我就再踹他一脚。所幸他没有说,我也就没有踹。其实是因为我没有问。

因为我觉得问一个自己明明知道答案的问题,等别人回答了又要因此而惩罚他,实在太不善良了。

我可以忍受自己不漂亮,不苗条,甚至不聪明,但绝不能不善良。

那个男生的室友的女朋友的同学的高中同学是我一个室友的熟人,他辗转那么多人想要我的手机号码。我说没有。没有。没有。没有。没有。没有。我想应该不会传错掉的。要是换了一串数字或一句话,到他那里肯定不知道走样成什么样子了。

我对他感到恼火,实际上,每一个喜欢我的男生都让我感到恼火。我觉得他们喜欢我是对我的不尊重,我觉得我就应该是独自一人的。我需要一种巨大的孤独来达到纯洁。所以我也不能忍受自己喜欢上别人。

姚黄说,我就是那个瓶子里的魔鬼,等待得太久反而爱上了瓶子里的狭小空间，不想从瓶子里出来了，当有人来解救我的时候，我反而会感到不习惯，因此恼羞成怒。

她说，你需要信仰。

姚黄唱了一首歌给我听：开始，所有东西都还没有意义，你赐我一套真理，以后我就跟着你，这是天，那是地，这是我，那是你。

姚黄说，这个没有信仰的时代，爱情成了它的替代品。

于是我明白了那个男生把我当成了他的信仰，哪怕是假想的也好。作为他的神，我决定给他一点点慈悲心肠，也让自己显得比较善良。没有神的日子，善良是我唯一还相信的东西。

早在军训的时候，有一次，姚黄同学对我说："我喜欢和善良的人在一起。"我环顾空荡荡的宿舍，确定只有我和她两个人在，又排除她脑子抽风对角落里的小强说话的可能，便把这句话理解为她评价我是一个善良的人。一种幸福的笑容在我的肥脸上绽放，正当它要蔓延到眼角时，亲爱的姚黄同学说了一句至今仍令我铭刻在心的话。此话对我的打击之大绝不亚于911事件对美国的影响，以至于后来每当我的心头萌发出想做坏事的欲望时，就会想起那句激励人心的话："很可惜，你不是。"

后来的事实证明是姚奶奶老眼昏花看走了眼，可是当时的我缺乏正确的自我评价能力，反倒有当头棒喝醍醐灌顶的顿悟之感。我在定定地看着她那张动人的脸的三秒钟内回顾了我所经历过的二十年人生。八个月时因向往外面的花花世界憎恶所在空间的狭小黑暗而把老妈踢得死去活来。两岁时把喂我吃米糊的邻居姐姐的手指当成凤爪咬住不放。三岁时把石头系在鸭脖子上致使邻居家的小鸭子溺水而亡。四岁时和一个黑丫头站在玉兰树上撒尿为路人施洗礼。五岁时用自制的颜料把奶奶的嫁妆箱子涂得鲜红而后招来了大群蚂蚁……就在前几天，还因为把窗玻璃擦得太干净而使一个高度近视的同学撞疼了脑袋。我觉得我简直可以剥皮实草挂在城门口以儆效尤了。

于是我潸然泪下幡然悔悟决定重新开始好好做人。

于是，我经常在逮到别的班上的人后劈头就问："你认为我善良吗？"

善良是我大学时代思考时间最多的一个问题。很多人会看到这样一个王纯如：走在路上，不住地往嘴里填塞食物。很多人会因此认为我是这么一个爱吃的人。这样，他们就只看到了我的表象，实际上，我只有在吃的时候才会全神贯注地思考，吃是思考的存在状态。众所周知，思考的时候，常常不会察觉到肚子已经饱了，所以我这么胖也不是没有理由的。但是若让我在苗条和思考之间选择一种，毫无疑问，我更爱后者。此乃不减肥原因之二。

善良也是我很在乎的一个品质，所以我要找各种各样的借口来掩饰我的恶行。

这些问题的思考最终要回到一个我们这代人缺失的东西上，那就是信仰。我的佛学老师曾在课上说"只要你把心门打开，上帝就在门口",可是要打开是多么不容易啊,我弄丢了钥匙,而锁也已经锈迹斑斑。

"当你仰望蓝天的时候,你还有信仰吗?"我问曾和我讨论过这个问题的一位故人。

"行路匆匆,许久没有抬头看天了,但我相信我还有。"

"你相信什么?"

"太阳和野花,母亲的温暖和泪水。"

她的想法是美好的,但不能解决我的实际问题。对了,眼下我的问题是怎么去印度。

现在,想要去印度的理由中加了一条极其重要的,那就是我要去佛陀的故乡寻找信仰。某一天早上,我醒来的时候,想到几千年前有一个王子像我这样在早上醒过来,想到的不是自己早饭吃什么,而是天下的人正在受苦,于是他放弃了自己的王室生活和两个漂亮的老婆,独自去思索这个世界是怎么回事,怎样才能让天下人脱离苦海?我被他感动了。他一定想到了我,想到我这么一个平庸的胖姑娘也会有自己的苦恼,也会在早上醒来后想想这个世界,而不光是早饭。他早就为我想到了一切,而我却迟迟没有想到他。想到他,我忽然间觉得很幸福。因为我在这个宇宙中不是孤单一人,我可以毫无保留地把自己交给他,他给我的只有安宁,没有烦恼和喧嚣。他也不会伤害我,不会嘲笑我肥胖的身躯,因为这就是生命。

于是,在我的想象中,一大群人蹲在山冈上大便,阳光普照众屁股，这一景象便具有了精神上的象征意义。一种佛法无边的庄严感紧紧将我包围。我不再是我，是七十亿人的总和，是从古至今至将来的人类。我将是一道阳光一滴水，是一颗尘埃在无数尘埃中。我突然间喜欢上了这种感觉，我是众猿或其中的一只。

大彻大悟。脱胎换骨。

于是，我开始穿裙子。姚黄说我像恋爱的人一样不正常。其实我是想锻炼自己赤脚走路的能力。俗世生活让我们远离了人的本真，如今我要一一抛弃这些枷锁。

我相信鞋子是没有必要的东西，只有赤着脚才能跟土地贴得更近，才能感受到大地之母的博大与深沉，感受她的创痛与坚定。

同样不必要的东西还有很多，比如胸罩。当我决定不戴它的时候，我得到的是一种前所未有的轻松。我相信生活可以因此变得简洁，而生命却会因此而充实。

哦，对了，话说回来，长裙的作用是为了掩盖住赤脚，以免被保安大叔拦在教学楼外。自我陶醉一下：胖人并非都很莽撞，也有心细如发的，比如我王纯如。

赤脚行走了一段时间后，我想起了一些往事。我从会走路开始就喜欢打赤脚。据我奶奶说，一般我都要到下霜之后才很不情愿地穿上鞋子。我想，我从小就和土地比较亲近吧。只是在后来漫长的岁月里，渐渐远离了。如今，我要回归。

上面一段话跑题了，我想说，我想起来小时候赤着脚到处乱跑，而那时候，我妈会在我的脚趾头上粘几颗米饭粒，让家里的大公鸡来啄。我不知道自己为什么会想起这个，可能是潜意识里就觉得我妈更像传说中的后妈吧。

我生长在一个缺少爱，缺少善的环境里。所以，我注定要比别人花更多的力气和勇气去寻找。

王纯如决定从明天开始吃素，在此之前，作为与肉食的告别仪式，她吃了两份牛排，仿佛与牛有着不共戴天的深仇大恨。

她说，从此以后她要让自己变得洁净。

作为俗人的我无法理解为何要吃素，更无法理解吃素与"洁"有什么必然联系。以我丰富的世俗经验来看，答案只有一个：这厮在减肥。

在我们不大的圈子里，王纯如算是个重量级的人物，她乐观开朗，心情和食欲都极佳。每当我们食欲不振时只要看着她吃东西，就能感受到食物是多么美好的东西，然后胃口大开。她从不因为自己的体重而苦恼，每次体检，她都会兴奋地欢呼："又重了耶！"让听者觉得长膘是件幸福的事，让她身体里的脂肪感到自豪无比。她的床上有一只和她体型相当的小熊，怀抱一个藤编小筐，里面全是好吃的，所以王纯如说幸福在床上，也在肚子里。

王纯如对我的推理表示不屑，斥责我的境界太低。

上一段是姚黄写在我的日记上的,她说是她小说《清肠记》的开头。她的小说像她做的事一样,进展得自由散漫,而且通通有始无终。她强词夺理:人生的事,大多是不了了之。她说她预言我去印度一事也会有相同的结局。她说她是个预言家,她说好的小说家首先是预言家。我说:"你只是个女巫。"她对这一定位很满意,然而我是不相信这个的。

我想去印度,主意已定,十分坚决,万事俱备,只欠盘缠。但我想那是总会到来的东西。在去之前,我想为我的旅行写个游记,于是有了以上的东西。写完之后,我欣喜地发现它很有印度特色:像一大块印度咖喱,什么味道都融在里面,却怎么也辨不清到底是什么。

说到咖喱,我才想起了那个男的,似乎有必要交待一下,某天我在看印度哲学的时候,他跟我说,女孩子嘛研究一下怎么做印度咖喱就好了,看什么印度哲学呀。我送给他一句话作为完结——

去你妈的印度咖喱!

初恋

要讲一件自以为知道的事，对我来说并非难事。但是要求表述准确、实事求是，那就有些为难我了，因为我已经习惯了说谎。好在，记忆是一个人的事，准不准确别人也无从知道。于是，我决定讲讲我的初恋。之前我一直不讲并没有什么特别的原因，只是因为我在很长时间内都把这件事忘诸脑后了。可是老天却让我在某一个清晨醒来的时候又重新记起了它，为了避免再一次忘掉，我得把它写下来，我那充满智慧的妈妈曾一遍遍告诫我好记性不如烂笔头，她是对的。

既然讲初恋，那么除了"我"之外总该还有一个人，我给他命名为 P，读起来很好听，不是吗？

P 是一个男的。废话？不是吧，即使不能说明我是女的至少也说明我喜欢男的呀。实际上认识 P 的时候我还是一个小姑娘，确切地说是少女，更确切地说，那一年我十四岁。在那个年代来说早了一点是不是？那时候电脑还没有普及，手机有斤把重，那时猪肉也不像现在这么贵……但是春天还是如期而至了。

春天的时候，花开很多，人有点不正常。我在那个早春迎来了生命的潮水，之后，就开始发芽开花了。当然，果子是没有结成啦。现在我只能说我也不知道自己怎么就跟他好上了，甚至没搞清楚他的眼睛是双眼皮还是单眼皮，不过想必那时我是觉得双眼皮还是单眼皮无关紧要，至于鼻子，那就另当别论了。我一直坚持认为一个人的性格和基因的好坏从鼻子上是可以看出来的（具体内容涉及知识产权问题，不便详说），因此，P在我的记忆中就缩略到只是一个鼻子，我能清晰地记起他鼻子上的每一个毛孔，当然，只要我看到草莓的话。我曾想过给每一任男朋友留下一个鼻模，把它们摆在我书房的架子上，这样我就能够记得我的每一场恋爱，每一次心痛。可是这有什么意义呢？中东不会因此停止战争，地球变暖不会因此好转，口蹄疫不会因此消失，真是伤脑筋。

我的脑子里总是想太多的东西，它们一下子冒出来，把我弄得晕头转向头痛不已。于是我决定去厨房找点吃的。按照现在的口味来看，草莓不是我喜欢的，可能那个时候还是比较钟爱吧。所以当我第一眼看到P硕大的红鼻子时，就被它深深地吸引住了，以至于牺牲掉了我可贵的初恋。现在我喜欢的是菠萝，长那样鼻子的人估计极为罕见，我也不想费心去找寻了。

P是我的同学。这也是很老套的事情，我都懒得说了。一把年纪的时候回过头来看每一次恋爱，它都是那么老套那么俗不可耐，然而为什么经历的时候，却能像傻瓜一样那么投入那么心生欢喜呢？这是我的智力无法回答的问题，也是我有一天见到上帝之后要问的第一个问题，为了它，我要在活着的时候行善积德广布爱心。

我把第一份爱心献给了P。那是一条黄色的围巾，我亲手织的，还在上面绣了草莓图案。P说真好看啊。我很得意，因为我是照着我妈做姑娘的时候偷偷买的一本《棒针花样大全》织的，织得满目疮痍破破烂烂极有个性，那个草莓是梯形的，长满了黄色的麻子，也很炫目。我很开心，因为之前从来没有人夸奖过我，从小我妈就认为我所取得的每一次满分都是理所应当的，因为"学费从来就没有扣过一分"（引自家母的原话）。P的话将我带到了天上，并且一直飘来荡去没有着陆。

我是悄悄地把围巾送给P的，在学校外面的"小芳百货"店里。穿过堆积如山的货物，是店主小芳和她女儿的床，一年四季都装着蓝色的蚊帐，落满了灰尘，床后面看似是一堵墙，实际上它中间有扇门，开门进去之后，天地间突然变得很大，那里是我们六中所有地下恋人接头的地方。他在那里夸奖了我，当着很多同盟的面，把它围在脖子上。唉，那是四月底，真是丢人。这下子，全六中的人都知道P有一个特别滞后的女朋友，当然我也可以说是未雨绸缪。只要换种看法，世界就会大不一样，P的鼻子就是很好的一例，其他人都嘲笑它，而我却认为很珍贵。我想，并不是恋爱让人发傻，而是短时期内世界观发生了改变。

回忆常常是矛盾百出的，两个老家伙在一起回忆时，常常会在某一个问题上争论个半天，却没有结果。比如我的一个小学同学说她记得我跟她讲过我有一次半夜醒来流鼻血了，就摸了只袜子擦，我却完全不记得有这么一回事。一个人回忆时，这一刻想到事情的细节是这样，在另一刻想到的却又是那样，要命的是两者在脑子里的地位一样，莫辨真假。

于是便有了日记。那些破事被我记在一本草绿色的日记本里，用一根淡紫色的丝带系着。我记得扉页上写着"心悸"，是我独创的姚体蟹爬字，左下角是一丛花，尽管我在青年时代曾得过植物学硕士文凭，现在却依然不能准确地说出那是什么花。花丛中有几只蝴蝶，画得极不科学。那时我觉得那本日记本很美，适合写初恋的美丽心情。我用一种墨绿色的水笔写字，那是我写字最好看的一种笔，可是三四年之后，为了我某一任爱国的男朋友，我决定不再使用这种笔，因为它是日本产的。我不知道别的女孩子要忘记某一个人是怎么做的，我的做法是清理掉所有与此人有关的东西，所以那本日记本也就尸骨全无了。

还有其他什么东西，在我决定结束的时候被我一并投到了一条小河沟里，尽管我是个环保人士，深知这样做不好。我想其中大概有一个粗糙的玻璃天鹅，曾划伤过我的手；一个红绿蓝三色的玻璃笔架，里面有种不明液体在晃来晃去；有个玻璃半球，里面是个小房子，和一些假扮成雪花的密度很小的白色固体物；还有个透明的玻璃房子，上面贴了比姚体更难辨认的三个字"友情屋"，被我妈读作"发情屋"……还有什么我记不起来了，不过我在刚才列举的时候发现它们都是玻璃制品，P是不是很早就预感到我们之间的感情很脆弱也很廉价？这个问题让我很恼火，只好把那些东西在我的脑海里再砸一遍。

情书是不可缺少的。仍记得第一封情书是在马路的分岔口他递给我的，我骑自行车走在他的右边，他给我的时候我的车技还没好到可以松开左手去接，因此，晃晃悠悠试了几下后，他让那个粉红色的信封随风飘进了我的车篮里。最后半句显然属于无恶意的浪漫虚构，谁还能记得当时有没有风呢？当然，我完全可以用我所学过的知识推算出那一天是吹的东南风，然而我更希望当时的姚黄是迎着夕阳和西风一路回家。因为这样我就可以向我妈解释晚霞是怎么被风吹落到我的脸上，以至于我满脸通红像收到了男孩子的情书。

我战战兢兢地走进家门，飞也似地冲进我自己的房间，砰地关上门，拉下窗帘，扭开台灯，呼吸急促地打开那个粉红色信封。多年以后回想起来，我多么希望当时信封里装的是厚厚的一沓人民币，不过那时候的百元大钞还不是诱人的红色。然而那时的我还是比较单纯的，会为收到的那些虚假的甜言蜜语而怦然心动。

之后我们开始频繁地传递情书。比如早上我去"小芳百货"店买饼干，把它放在收信箱里，等到他去买饮料的时候，小芳就会提醒他，中午我去买信纸的时候就会拿到回信。或者是我中午回到教室打开英语书准备做作业时，发现它赫然躺在书缝里。又有时，我出教室去厕所的时候，他坐在窗口把手耷拉在外面，我于是接过他手中的信封。

我毫不在乎里面写了些什么,因为大家都知道总是那些爱来爱去的,我自己写的也是这样,还时不时地加上几句蹩脚的英文歌词。我想那是我一生说谎并且不以为耻的肇始。

我享受的是那种心跳加速给大脑带来的震荡,和藏住一个秘密的那种小心翼翼。你要理解,因为我之前的十四年生活可以说是一览无余,毫无秘密可言。于是那时的我渴望有秘密,幻想自己是个神秘的黑衣女子,身边跟着一只绿眼睛的黑猫。这个形象一直盘踞脑海,让我差点忘了自己是一个穿粉红衬衫花裤子的黄毛丫头。回想当年,我为自己的衣着相貌感到很尴尬,我热切希望此时的P已经彻底忘记了那时的我,不过谢天谢地,他没有我的照片。

我也没有P的照片。在我的印象中,他有一只硕大的鼻子,终年通红,那是我万分仰慕并渴望拥有的。P也有个臃肿笨重的身体,其重量是我今生无法企及的,因此我很崇拜他。我时常想,农民伯伯要种几茬的粮食才能够把他养得那么壮啊,要是闹饥荒,是他先饿死呢,还是我?他说要是真的大家都快饿死了,他就把自己贡献给我当食物。他说话的时候眼睛亮晶晶的,闪烁着真诚和神圣之光。我的心都快要被化掉了,赶紧将他全身上下打量,看从什么地方下口比较好(这又从一个方面说明我是个未雨绸缪的人,我对自己的这一品质很满意)。

他一脸无辜地说:"你咋这样哩?"

这句话是他的口头禅,但是我每次听来心中都会涌起无限的怜爱和些许的得意。当然,前提是我不去想他那张略显抱歉的脸。

"爱一个人的时候,就会觉得他很可爱,想疼惜他,还想亲亲他。"此话是我的一个好朋友说的,那时她正在热恋,她的话让我怀疑自己是不是真的爱过 P。因为我尽管蛮喜欢他,但我一点都不想碰他,甚至不想靠近他。

记忆中与他近距离接触的是一次期末考试,他恰好坐在我后面,传纸条过来时我以为他要问某几道题的答案,展开字条上面写的是"I love you",我的心扑通扑通以 4.5 倍速跳了一阵子,等降到 1.5 倍速时,我在上面写了句"So do I"。因为脉搏的抖动,字写得很丑,我犹豫了一阵,又犹豫了一阵,最后终于在监考老师不注意的时候把纸条传给了他。交接仪式上,我们的手指在某几秒钟有大于 0 小于 1 平方厘米的接触面积。我在那场考试之后的暑假曾一次次回顾那几秒钟的画面,并且意识到当时自己很想抓住他的手,不过因为少女的矜持和监考老师的动向,我很快就端正地坐好,继续充当好学生。回顾与 P 在一起的那段狗屁时光,这竟然是我们唯一的一次肉体接触!然而,它是那么的短暂,即使用电影慢镜头播放也不能坚持多久,都不够我抓起一把薯片塞进自己的嘴巴。

尽管一切都是那么的不堪,可我依然记得那么清晰,想到这一点就觉得伤心,我都不想再说下去了。

省略掉很多封情书中的烂俗内容,省略掉我们上课时偷偷地望一眼对方，省略掉我们多少次吵架后又和好，省略掉晚自修课间我们偷偷地并排走在操场上看见的树木如鬼影幢幢，省略掉我们在"小芳百货"里无数次匆匆见面又分别，省略掉每一个黄昏我迎着夕阳回家时的心跳和悸动以及自言自语说的那些不着边际的话，省略掉我那本绿色日记本里的一切墨绿色的心情。

我知道我可以活到整整九十岁，如果把这一生拍成一部时长为90分钟的影片，那么P也就是出场那么一分半到两分钟，而我这边的回忆也就是一个闪回的镜头而已，我为什么还要如此地投入全情，尽心回顾？甚至，还要伤心？

回忆的目的又是为何？

我在这里停了几天，因为我不明白。还因为我回到了阔别几十年的老家螺蛳镇，至于主要因为我那个动不动就嚎哭的母亲身体不适，还是我想找回一点能证明记忆的东西我说不清。

我去了老屋附近，我想在从前站过的桥上站一会，感受一下纯真年代流水般的眼泪。我记得在屋子西边有一片玉兰树林，旁边是一条河，在我生命的这部电影中，曾有差不多18分钟的时间，一直认为长江黄河差不多就是这个宽度。那座桥我私下里叫它"晚晴桥"，在桥上向西望能看到太阳落进远处的草丛中，于是野草变得一片金黄。

开始，我写初恋的故事是为了反抒情，因为我觉得初恋总是很不堪，纯粹是无知少女的瞎浪漫，可是当我回想起那座桥的时候，我清醒地知道自己是在抒情。我也发现，自己的初恋根本没有故事可以讲，有的只是一种情绪，如锦瑟无端五十弦。

或许一切只是我一个人在瞎想，或许是P配合着我在上演青春的序曲。我们的初恋很典型，有甜蜜的情书，有误会的泪水。

有时我感觉他在看我，于是我不再是自己，我想给他看到最好的我，我要他为我而骄傲。我清楚地记得有一次，一道很难的物理题，老师问谁会做，只有我一个人把手举得高高的。我在黑板上画出电路图的时候，他坐在教室的最后排为我鼓掌了。全班人都在哄笑。我在画图的间隙透过右臂、身体和黑板组成的三角形看到教室外的阳光壮丽而辉煌。这是我人生中很美妙的一瞬间，甚至比我结婚时更让我心生愉悦。现在回想起来，我都是面带微笑的。

有时候，我会怀疑他爱上了隔壁班的那个大眼睛女孩，有时我又觉得那个皮肤奇白的女生也喜欢他。我无法容忍他多看别人一眼，无法容忍他回信晚了一天半天。我时常在夜里哭泣，假想自己受到了那些情敌的伤害，并且想到我自己的付出，于是就委屈地哭了。

他与那个大眼睛女孩和皮肤奇白女生的事情可以说是我捕风捉影，但是我敢肯定他和夏青青（天，我居然还记得她的名字！）的事绝不是我无中生有。我看见过他们在课堂上传纸条，夏青青经常给他买早饭，他们甚至在晚自修下课后并肩在操场上散步。我不知道那个时候自己哭了多少次，也不记得我说过多少次分手。

后来我终于逮到一次机会爆发了。那天是下午最后一节课，自修课，大家都在忙着做作业。夏青青让我帮她去英语老师办公室交白天的作业,我说英语老师让她自己去交。她悻悻地拿走了。谁知道,半分钟后,P跑到我面前说让我帮她去交,然后把练习册扔到了我的桌上,优雅地转身离开。我立马就火大了。之前我就因为夏青青没交作业挨了英语老师的批评,这下真把我给激怒了。我腾地站起来,拿起练习册向P的后脑勺砸去。由于目标巨大,我一下子击中了。当时我还想为自己喊一声"好球"来着。

P在众人的哄笑声中先是一愣,恼羞成怒的他捡起练习册往我这边砸过来。

就在练习册伴随着纸页的呼啦声飞向我的那一刹那,我感觉自己滑稽可笑至极,像个小丑摔倒在舞台中央,观众以为她是故意摔倒的,纵情地大笑,独她一人内心悲凉,还要继续演着。

在众人面前承认我对他的爱,这让我感到羞愧和不可忍受。

那次之后,我长时间不和他说话,我再也不想理他了。我知道,在我冲出教室的那一刹那一切都应该结束了。

我如愿了。之后的那些日子过得有些恍惚,只记得某一日早晨,听说他打架了,被一个家伙打得很惨。又一日,他拿了把西瓜刀,冲进打他的那人所在的教室,捅进了那人的胸膛,之后,他很酷地擦干净刀,提着它上校长办公室去了。再一日,听说他去了美国。很久很久的后来,我跟夏青青成了好朋友,我们在屋顶上闲聊的时候,我从她那里得知,P那次打架是因为夏青青和那个男生曾经是同学,见了面多说了两句话。发现了这一真相,我感到很耻辱,所以我在生命中的很长一段时间里拒绝别人跟我提起他，甚至拒绝回忆起他。

我再也没有和他说过话。

他的那张桌子空了很久，我拿走了他的日记本，却发现上面一个字也没有。后来，我在感觉窝火的时候一张张把它撕下来，扔到火堆里，记忆就这么成了一触即碎的残片。

与他有关的还剩最后一次哭泣。他来学校取走他的东西，根本没发现少了什么。他一声不响收拾掉他的那些书。那个时候，我穿一件红色的大衣，靠在黄色的柜子上，突然间，教室的嘈杂将我推到很远处，我在那时意识到，我从来就不认识远处那个收拾东西的人，他生活的那个圆与我的那个仅有一个相切点，或许这个点也像从某个角度看两条异面直线相交了一样，是个假想的点。当时有一句歌一直在我身边回响——"回忆还没变黑白，已经置身事外。"我站在顶楼哭泣，风从旷野中吹来，让我有种终于解脱的畅快，我的那段不堪的初恋终于到头了，一切结束于20世纪。

现在我要做的事情就是点一下题，我终于知道那个早晨我为什么会在阳光落在床前的时候想起了它，那全是因为我梦见了一片开满了马兰花的田野。我记起了我生命中收到的第一束花，一大捧野生的马兰花，一大片淡紫色开在我单车的车篮里，远远的，它就在我生命的某一处扎根了。

一

私奔

我们私奔吧。

好。

去哪儿?

不知道。

关掉了吵闹下流而又悲伤的音乐,我向你走去。知道我要干什么吗?别紧张,我不会把你剁了再用文火炖,我只是想扇你一耳光。在我手扬起来的时候,你的鼻子很配合地流下了鼻血。第一次见到我的时候,你也是这么流鼻血。你问我借一条手帕。这年头哪来的手帕,我跑了很多个大卖场,也找不到一条手帕,于是我只能忍痛给你一包纸巾。深深浅浅的蓝色中有两个孩子在放风筝,我和你。天空中有一轮黑色的太阳。风筝没有线,我的手抬了很久,很酸,最后放下来时,我一把揪住你的头发,让你面朝天仰着,鼻血于是不再出来。我说,听着,我们从我们的城市出发。哪一个城市是我们的?你总是有那么多问题。我想了很久,直到你的鼻子再次流血,我说就是这个,北纬30度,东经120度的这个地方,就在我们的脚下。然后。然后你说这里是天堂,而我们是要去寻找地狱吗?你总是这么欠揍。我赌气，说算了，我们就在天堂里腐烂吧。你说好。

私奔计划暂被搁置。

我开始恨C，是的，恨得要命。他是那么软弱，那么善良，那么听妈妈的话。可他又是那么的爱我。我很想揍他一顿。这个邪恶的念头久久地徘徊在我心间，让我那颗还算善良的心灵备受煎熬。

C的妈妈不肯要我当她的儿媳妇，因为这个厉害的女人一眼看出我是个女巫。实际上，她也是，而可怜的C不是。我问她为什么。她的目光总是在闪躲，不敢与我对视。她怕什么？怕我生一个小女巫，还是吸走他宝贝儿子的精气？而后者是不可能的，因为我不是聂小倩也不是云翠仙。女巫也是人。女巫也需要爱情。

C不相信我是女巫，更不相信他母亲也是。我想可能是因为有一个女巫女朋友还比较酷，可有一个女巫老妈就有点惨了，总会被别人认为是血统不纯的。可他为什么不相信我呢？对此，我感到很恼火，也坚定了惩罚他的决心。

你打算怎么对付我？

我还没想好。

好好想。他鼓励我。

我说好咯。我是用苏州话说的。听起来像hug，特别的温情脉脉。

于是他拥抱我。我在镜子里瞥见他是一团粉红色的气体。不是轻飘飘的，很厚实，看起来很有弹性，像棉花糖。我狠狠地咬了一口，在他肩膀膘头最厚的地方留下两排完美的牙印。他哇呜哇呜叫了很久，直到我在他嘴里塞了一块大黄才止住了他的嗥叫。大黄的苦涩味又粘又油，让他安静了好一会。

他不停地咂着嘴，那个样子让我想到他所喜欢的某种动物。于是，我饿了。

他愤怒地看着我吃鸡翅，小爪子挠挠这儿挠挠那儿却无济于事。鸡翅是他的最爱，我排其次。他的理由是，我有可能会离他而去，而鸡翅却永远不会抛弃他。想到这个，我的心里就不爽，鸡骨头在我嘴里嘎嘎直响。C终于被我激怒了，他要为了他的最爱而与他的第二爱拼命。他扑向了我。

在距离我还有十公分的地方，锁链无情地拉住了他。我看了他一眼，继续啃他心爱的鸡翅。C看了自己一眼，又一眼，再一眼，像个自恋的女人一样怎么看也看不够。因为他不知道自己怎么会变成了一条他所崇拜的狗，而且还是条肥肥的狗。

七对鸡翅进了我的肚子之后，我打算去抚慰一下C。我把手上的油擦在他的脊背上，使那里看起来油光锃亮，如月光如流水如他的口水在阳光下闪烁光芒。接着我往他的嘴里塞了一把五味子。五味子酸酸的辣味中有一种迷人的微弱香气，让他刚刚捕捉到一丝又从舌尖溜走了。于是，他贪婪地大嚼，像狗狗应该做的那样流下一大摊口水。我用第一次见到他时送给他的那种纸巾帮他擦干净嘴角，然后在他那张多毛的脸上狠狠地亲上一口，又狠狠地掐了一把。这些举动把他折腾得神魂颠倒心花怒放，他说，你真是个了不起的女巫。

谢谢夸奖，这是本年度最中听的评价。

他一拍脑袋说中计了。

于是他从梦中醒转过来。

我问他你梦见了什么。

他神秘兮兮并神经兮兮地说，梦是不可复述的。

我心想，去你的不可复述，懒懒地掏出一把棕黄色的小浆果，说还记得这个味道吧。

他哑然。很久之后才问没毒吧。

治肺虚咳嗽口渴盗汗梦遗滑精的。我兴致勃勃地炫耀着我渊博的学识，同时看着他脸上颜色的千变万化，如世纪之初我俩在上海美术馆看的印象派画。

一阵风雨过后，他说……

他说什么我没听清，就被修水管的电锯声吓醒了，那声音像是钻头要往我的脑壳里钻。脑子里浮现出一个打蛋器，不停地搅着我的脑浆。而我知道，此时，他也在经受着头痛。

我用过各种方法为 C 治疗头痛，比如把萝卜汁装在蚬壳里倒进他的左鼻孔，用薰衣草做成枕头睡觉，用蜂蜜炖白鸭吃下鸭屁股，等等，还有一些家传秘方，在此不方便透露。不幸的是，这些通通没有奏效，无奈之余，我能做的只剩一样：和他一起痛，唯有此法才能显示出我对 C 的无限热爱。然而我没料到的是，要让我这么一个悍妇体质的人患上黛玉们的偏头痛，比治好它也不会容易多少。

不过最终我还是成功地获得了头痛,谁让我是一个聪明又爱动脑筋的小姑娘呢。

经过若干次不成功的尝试,我终于找到了适合我的方法,那就是昼寝(小朋友们请勿模仿)。在此以前,我一直是不睡午觉的。尽管我这人看起来有些无法无天,可实际上我所受的家教是很严的。在我那个日渐破落的古老家族里,有一本最高法典:《论语》。所有的小孩子吃饭前都得背上一段,背不出不许吃饭。不仅要背,还要处处恪守,其中有一条就是不许睡午觉。大家还记得孔子是怎么说宰予昼寝一事的吗,那恐怕是孔老夫子一生中说的最最狠的话了(见《论语·公冶长》),因此,昼寝是绝对禁止的,家父称其好处是"可以让白天变得完整"(够莫名其妙的理由吧)。因此,我怀疑头痛是列祖列宗对我这个不肖子孙的惩罚。Anyway,目的是达到了。C,你看到我为你所作的牺牲有多大了吗?

为了把头痛的时间控制在两小时以内,每次昼寝前,我都会祈祷一句:Kill me, please! 一星期以后,我发现了我身上的巨大变化:我拥有了超能力。

你很惊奇是不是?开始,我也和你一样,还有一种新生的焕然之感。可是这一切并没有持续太长的时间,之后,是无尽的怅然。这种超能力既不能用来骗钱,也不能用来伤人,它只适用于梦中,用以满足一下我那些黑暗但又无伤大雅的幻想。我开始无耻地在C的梦中游荡,用我的意志篡改他的梦,让自己成为那个世界的主宰和女主角。我想,要霸占一个男人,首先要占领他的梦境。

我在C的梦中住了两个月之后,C终于向我递交了投降书,可是,战败国的军事需要受到监控,所以我没有撤兵,继续住在那儿。想一想吧,连续一百天都梦见同一个人,那是什么感觉?可怜的C被我逼出了睡觉恐惧症,而且也不得不承认他有多爱我。又三个月,他没有昼寝,晚上也不敢多睡,头痛神奇地痊愈了。他很感激我,也更依恋我了。

我们相爱了好久,也相安无事地过了好久。

按照一般的爱情故事模式,在这个时候就该有反对方上场了。可是,别忘了我是女巫哦,女巫的爱情难道会是一般的爱情故事吗?很不幸,答案是肯定的。女巫的爱情同样不能免俗。C在他妈妈的安排下一次次去相亲。开始的时候,我还能开玩笑地让他把每一个相亲对象的特征描述出来,可以写一个《相亲档案》,或者拍一部电影,就像《征婚启事》那样。他也挺有兴致地跟我说那些女的腰有多粗,说话时口水能喷多远,走路时有多么像一只母鸭。直到我都忘记是第几次了,他跟我说那个女的怎么怎么时,我终于发飙了。够了!我再也不想听那些女人有多么可笑多么无聊,再也不想在你一次次的相亲中等待了。你那伟大善良的母亲是想挑战我的自尊心和忍耐力吗?女巫可不像中世纪时那样可以任人欺负了。

我们私奔吧。

好。

去哪儿?

随便你。

那我们就去阿里。

现在就出发。你先晒干自己身上的霉菌，把骨头也拆开晒晒，装上去之后要让我看到一个崭新的C。那里风沙大，你把那顶雷锋叔叔帽也带上，还有你的冻疮膏、泻立停和吗丁啉。带上那些一生中都不会再有闲暇来思考的书，带上曾经的、至今尚存的青春梦想，带上尚未泯灭的赤子之心，上路吧。别再犹豫，别再等待，现在就出发。

在我说完这番蛊惑人心的誓师之言后，C有些心动了，我听到他血液的澎湃之声，就跟涨潮时的杭州湾似的。

我有个主意，我们从杭州湾出发，在退潮时顺着潮水去东海，道不行，乘桴浮于海，这是孔老夫子都向往的。我们在舟山群岛中随便找个小岛住下，给那个岛取名叫双猪岛，等以后我们生了小崽子就改名叫群猪岛。你觉得怎么样，是不是很有创意啊？不用夸我了，我都知道。现在就走吧。什么？你晕船？别担心，我有避晕药。啊，你还有恐水症？你是狂犬病患者吗？那我就把你的眼睛蒙上把耳朵塞住，让你感觉不到是在水上。你不会游泳？放心啦，你体内的脂肪比重那么高，淹不死的。还有什么借口推托吗？没有了吧？那么，出发！

在我原来的计划中，我们要骑一匹马，红色的，英姿飒爽的，跋山涉水，蹚过死亡。不过没有马，火车也可以嘛，其实只要能和你C在一起，就是步行我也乐意。不过我担心的是你，你走得动吗？我们绕西湖走了小半圈，你就开始流鼻血了，想想真让人心疼，你这多愁多病的身。

要不我们可以往西走，到广大的国土中去。我们可以沿着北纬30度走，累了就停下，在一个村庄中住下，买块地，租也行，你耕田来我织布，田园牧歌的生活，多好。我们种一亩水稻，可以收一千斤，脱粒后约有七百斤，两个人每天有两斤的口粮，我吃半斤，你吃一斤半总够了吧。屋后可以种瓜种豆，养几只鸡鸭，一窝兔子。还要一条狗，胖胖的小白狗，精力旺盛的，可以跟你到田间地头。

生活可以就这么简单的，可是人偏偏喜欢给自己戴上各种各样的枷锁，要知道，鸟羽上镀了黄金就不能飞翔了。而我们，从现在起，要做的就是简化我们的装备，充实我们的内心。

从此我们在山间田野过着幸福的生活。

很多年过去了，山村变得热闹而开放，并时有游客来观光，歆羡着我们这种生活又回到都市的忙碌中去，而我们，仍守着这份宁静。在割猪草的间隙抬头看看天上的云，看看远山。就在那时，有个女人出现在我的视野里，她身体臃肿，脸上皮肤黝黑，眼睛明亮，雀斑闪闪发光，嘴唇干裂，身上带着牲口的味道，裤管被草汁染成绿色。她的手指粗短，皮肤粗糙，指甲缝里满是泥土。她在田埂上坐下，扔掉镰刀躺了下来。她的头发里有干草，凌乱不堪。她身边跟着条白色的大狗，咬了咬草茎又把它吐出来，发出噗噗的声音。她在阳光下的田埂上睡着了。我走过去，想要看清她的容貌。就在我辨认出她就是我的同时，我喊了出来："啊——姐姐！"

"姐姐，我梦见了你。你四十多岁，很胖很老，像个养猪的。"妹妹发短信跟我说。

"你睡午觉了？"

"高三了，不午睡怎么行？"

我不知道是我进入了我妹妹的梦中，还是她窥见了我的梦，有一点可以肯定：这是家族遗传的特殊能力。由此我明白，我的祖父不让我们午睡是因为什么。我的情绪被这一发现所煽动，暂时忘了私奔这事。

我去祖坟上祭奠了我的祖先，并为"家族"这一概念所感染，对那些素昧谋面的先人充满了感激与温情，我为自己将来要长眠于此、就在他们身边而感到幸福，我也想到了我的祖先也曾像我这般站立于他们祖先的坟前，感受历史的变迁和血脉相传的神奇力量，我的子孙将来也会这样感受我此时的感受，并为之所动。

我也想到了我妹妹，那个曾有二十年记忆与我相重叠的人，她的身上流着和我相同的血液，有着和我一样对梦的控制力，那是我们家族的荣耀。我对她充满了爱，我知道，她也同样爱我。

于是"家"这个词在我的心中重新变得重要起来，它不再是几个人的机械组合，而是血的紧紧相连。他们是我的亲人，永远不会伤害我。而C不一样，他只是偶尔相遇的陌生人，他遇到我爱上我，都只是个偶然，没有我，他也会遇到其他人并爱上她。我开始对他憎恨，并且憎恨自己曾把他当作比自己更重要的人，憎恨自己曾为了他而怠慢我的妹妹，憎恨自己曾为了他产生远离我父母的念头。可是他呢，在他的世界里，我排在他母亲之后，排在鸡翅之后，排在小胖狗之后，可以肯定，随着时间的推进，我前面的东西会越来越多。我恨他。

私奔的事到此结束。

为什么？

不想去了。

哦，随便你。

他那种随便的态度激怒了我，我再也不想跟他多说一句了。

我要回家。我要在我父母身边，为他们洗衣做饭，报答他们这二十几年来对我的养育之恩。我迫不及待地想要把这一决定告诉我那头发斑白的老妈，可是电话接通后，她告诉我的第一句话便是"我和你爸爸把小狗卖掉了，三十块钱"。"为什么？"我的泪水开始涌出。"因为我们要搬家了。"搞笑，这是理由吗！"狗没地方住。"人能住的地方狗为什么就不能住？"邻居会嫌狗很烦的。"可是这是只哑巴狗，它不会叫，况且邻居难道就没有养狗的？小孩子哭起来比狗更烦，难道也要卖掉？三十块钱就可以让他们把几个月来的感情给卖掉，这样的人值得我那么爱吗？我也恨他们。想到我之前的决定，我觉得很荒诞，很可笑。我想哭。

我在马路上与一只断尾巴的黄色流浪猫相依为命。我努力想与家族靠近，想要成为他们中的一员，想要对他们充满温情，可是，当我走近了才发现他们是那么可怜，那么残忍，那么的让人悲伤，又心生厌恶。我曾全心全意地爱 C，把他当成生命中最重要的人，可是，却发现他软弱、懒惰又虚弱，他只会用自己的鼻血来面对残酷的生活。我不想回到那个奇怪的家庭中，也无法融入 C 的家中。我像眼下的这只猫一样无家可归，尽管我是一个女巫，拥有别人无法理解的超能力，可是这又有什么用呢？我是女巫，可我什么也做不了，这是多大的讽刺和悲伤。我只能坐在马路边的花坛上，用手指揉着猫颈上满是油污和尘土的毛。

猫的眼睛是眯着的，只有一道缝，眼角有一坨眼屎。它对我的按摩感到满意，发出咕噜咕噜的声音，像在念经。它是一只母猫，依稀可见粉红色的乳头，看起来不久前生产过。它的孩子呢？若是我从此以后作为一个流浪者生活，我会不会像它那样？自由、肮脏、没有保障。我会不会生一个孩子并且不知去向？或许这只猫曾是像我一样的一个女子。那么我呢，我又曾是什么？

带上这只断尾猫去私奔，奔向我不可知的未来。

我开始在大街上奔跑，像罗拉，像阿甘。拐过几个街口，我撞在了一具满是肥肉的身体上，他的鼻子开始汩汩流血。我知道他要问我借一块手帕，于是我提前掏出了一包纸巾。他说："我知道你主意变得快,所以在你改变主意之前一定要抓牢。"接着,他紧紧牵着我的手。

啊哟,生活就是这么的没劲。我轻声说,不想让他听见。

七月七日晴

7月7日晴，我一早回家。一个背囊塞了些杂物和换洗衣服就将我压得几乎散架。一路昏睡，从上海到宜兴。

爸爸在出站口等我，默默地卸下我的背包，很久之后问了句"怎么连水都没买？"他用一条红白相间的毛巾擦汗，然后又问："你热不热？"我说还好，前几天下雨，气温降下来了。今天小暑了。爸说今天刮东风，小暑会一直有雨的。

他租的房子在龙背山森林公园旁边，靠近沪宜路和宁杭高速公路的入口。我在心中说还好，至少可以去公园打打太极。他显得很兴奋，指给我看他工作的地方，还说那里有片不错的竹林，说清晨能听到鸟鸣。

他开始做饭，我在一旁看。红烧肉。他说苏东坡宁可不吃肉也要门前有片竹子。我笑道，其实苏东坡并不是想看竹子，而是喜欢吃笋。他愣了一下后笑着说笋不用肉烧不好吃的。我说他不是有东坡肉吗？于是两个人一起笑。

家乡的大米比别处的好吃。

午睡醒来，发觉已是下午三点一刻。"睡得几欲不省人事。"我发短信告诉z，他说别耽误了回家的车，我说已经到家了。z惊诧："你怎么不早告诉我？""说了也没用，你又不能来送我。"他无语。此时，z在杭州，我在宜兴。相隔不远，但足以疏离。我躺在床上不停地按着遥控器，色彩在房间里跳跃变幻。

傍晚时分，开始下雷阵雨。我说明天有台风来了。爸说那样就不会太热了。我们家里没有空调。

这里的蚊子比学校里多，几乎要将我扛走。爸爸帮我整理好床铺，又将蚊帐中的蚊子赶走，说前两天下雨，枕头没有晒，你就凑合睡一晚上吧。他的脸上有歉意，让我很不自在。我说没关系，勉强带着笑。

其实很有关系，夜里我失眠了。席子上黏糊糊的，房间里弥漫着湿气。枕头上有霉味，还有头发的油腻味。我是一个对气味很敏感的人，眼下的这些足以让我浑身不舒服。向西开的窗口不时有马路上的车灯照进来，让房间显得很飘摇。床板硌得我浑身的骨头生疼。我开始思念z，但我克制住了没有给他发短信。明天是星期六，此刻他在玩网络游戏。我看着天花板上床的影子，想很多事情。想汽车上坐第一排的那个男人对司机讲一个同性恋者的事迹，想放假前对家的思念，想我在汽车上做的那一串动荡不安的梦，想我童年时在这一张床上睡觉时的样子，想z对我说过的话，想在公交车上爸爸侧过头来跟我说话时苍老的眼睛，想几年前死去的一条狗，想我漫长的一生。我甚至想到了我妈妈。

最后一次看时间是凌晨2:23，我关掉了手机。

7月8日晴。醒来已经是九点多。z说他在西湖边晨练，发了一张曲院风荷的照片给我，他说我知道你从未见过这里的荷花。可是荷花哪儿都一样，不是吗？或许不是。小姨家的荷花是用来卖钱的，因此那里不称"曲院风荷"而叫藕田，朴实的名字。z说你什么时候亲自来看看，我说再说吧。我觉得有些怠慢了z，但我一到家里就没有兴致和他说话了，很奇怪。

爸爸回来给我做饭，我依旧站在旁边看着。我知道他一直太娇惯我了。我不会做饭，也从来不洗衣服，不做家务。吃了饭他把我的碗浸在水里说晚上一起洗，这样可以省时省水省洗洁精。"我不会做饭怎么办？"我问z，他说："我厨艺一流，以后做给你吃。"我心里一阵酸楚，他们为什么都要对我这么好？

我像游魂一般在这个不足20平米的房间里走来走去，走过了一个下午。我感觉我的所有日子都要这么无聊地踱来踱去，仿佛是个单摆。中途似乎有人发短信问我是否已经到家，我敷衍几句。

生活又开始程式化。吃——睡——吃——睡。日益向z所喜欢的那种动物靠近。

我决定早睡早起，于是九点钟就熄了灯试图睡觉。台风已经来了，雨声很响。我躺在床上听雨，假装很有诗意。

九点半，我开了台灯准备喝水。床头柜下是湿的，我检查了西窗，没有雨水进来。难道茶杯打翻了？我像业余侦探一样仔细盘查，最后发现水是墙角里渗出来的。汩汩的，像一眼小小的泉。我蹲在地上饶有兴致地看了一刻钟。水越渗越多，洞也越来越大，不一会儿，已经流到了床下。我叫醒了爸爸。他戴着老花眼镜看了很久才相信水是从地板和墙角里冒出来的。我坐在床上咯咯发笑，我说要是我不开灯，到天亮时没准咱就发现睡在水中央了。他在房间里走来走去，找破布堵洞口，然而没有用，房间中央也在渗水，地上已是薄薄一层水了。他开门看看雨有多大，水一下子涌进来，房间里的凳子什么都浮了起来。水是黄色的，都是泥沙。我坐在床沿上看着水不断地上涨，一个劲地问爸爸怎么办。他当机立断，把我的几箱书搬到八仙桌上。书箱很重，每箱约七十本，我看到他微微有点吃力，然而我帮不上忙。放好了书，就停电了。门再也打不开了。他打着手电筒找了一把大榔头敲掉窗上两根钢筋，把我从窗口托出去。临走时我发现床上都已经浸水了，我的笔记本电脑也稍微有点湿了。雨很大，我的眼睛都睁不开。我站在窗外的泥水里看着闪电从竹林尽头打过来，怀里抱着电脑，这是家里最值钱的东西。爸爸递给我一件雨衣示意我穿上，然后他才从窗口爬出来。他说东西都不管了，先将我送到安全的地方。

　　从家到公路大约有三四百米，路就在小河旁边。爸爸一手抓着我，一手用竹竿探路，走得极其缓慢而艰难。他说脚不要抬得太高，当心拖鞋被水冲走。洪水不断地冲击着我的腿，脚一抬起来就觉得轻飘飘的，我知道自己很容易被水冲走。z说："谁让你这么瘦小呢，你要是胖成一个球就可以直接漂过去了。"我回他说："要是全世界的人都长成球体，就可以大规模向海洋进军了。"他说："还好，还会开玩笑，证明没被洪水猛兽吓傻掉。"我苦笑。爸说早知如此就让你晚几天再回来了。7月1日他打电话给我让我一放假就回去，我说家都没了还回去干啥。他说，一家人在一起就是家。他说他请了一天假帮我把床装了起来，还换了个台灯好让我看书。昨天一回来，我也确实看到租的房子虽然有点破旧，有点狭小，但很干净。这个紧紧抓住我手臂的男人，要是没有他，我将被冲到哪儿了呢？蹚过最深处的时候，我想到了"相依为命"这个词，并被它感动着。我们一直都是相依为命呵。

公路上的水稍微少一些，大雨让很多车辆都如蜗行。好几辆出租车从我们身边经过，就是不肯停下来载我们。我们穿着雨衣，头发湿透，衣服都贴在身上，滑稽而狼狈。爸爸说，没有车肯停下来，咱们就走到姑姑家去吧。他和我说话总是一种商量的口气。我说好的。

一路上，我看着我们的影子时短时长，像一大一小两个魔法师。我想起最近的一次他陪我去电影院看《哈利·波特》，在时明时暗的光线下他睡着了，后来他说"上一次上电影院还是和你妈谈恋爱那时候呢"，说完我们都沉默。

十一点半左右，我们到达了姑姑家。他们小区底楼的车库也都进水了，很多孩子在水泊中追打嬉戏，玩得开心，没心没肺。我听到爸爸微微地叹了口气。

姑姑家停水了。我用毛巾大约擦了一下就换上了表姐的衣服。内裤也是湿的，躺在床上很不舒服。

"快来安慰我一下吧，山洪暴发，刚刚逃命出来。"我向z诉苦。"抱抱"，他说。看着这两个字，心里特别温暖，很怀念他的怀抱，有一种好闻的暖暖的气息。z哄我睡觉，给我唱摇篮曲，我的心里很安静。

7月9日阴雨。爸爸七点半打电话来让我回去收拾一下自己的东西。姑姑告诉我他不到四点就回去了。

水已经退了，就像做了一场梦。很多人都聚在我家门口谈论着这个梦。从他们的谈话中，我找到了问题的症结：新建的宁杭高速公路截断了泄洪的河道，导致从森林公园山上下来的洪水都积在了我们这一片。出于愤怒，我对市政府那一帮吃干饭的说了句"他妈的"。

房间里是湿的，地上黄色的淤泥至少有半寸厚，空气中满是腐臭味。爸爸看出我受不了这种环境，帮我收拾了几件衣服就打发我到姑姑家去了，并且嘱咐我把花露水倒在热水里泡脚，这样可以防止脚气。我这才注意到昨晚蹚水走了那么远，脚上都是水泡，有的地方皮都磨破了。我也看到爸爸的手脚因长时间浸在水中已经肿得发白，身上到处都是毒蚊子留下的印记，花白的头发湿湿地粘在头皮上，稀少得可怜。他的嗓子有些沙哑，眼里都是血丝。"爸，我留下来帮你。"我轻声说。"快回姑姑家去。"他声音不大，但很坚定，我没有坚持。那些人还没有散去，半是兴奋地谈论自己家里的变化，煤气罐倒着漂浮在水中，米缸也漂啊漂的，拖鞋被冲到了马路上，老鼠在柜子顶上避水，一个养鸡场一下子死了六千只鸡，一家地下室里的网吧所有的电脑都没用了，茶场老板娘看到浸水的茶叶当即就晕过去了，有人抢救东西时脚被玻璃扎到缝了八针，有人捉到了一只两斤多的大甲鱼……爸爸把我塞进了一辆出租车，说："别在这儿待了，会生病的。"

在姑姑家过了安适的一下午，看电视、上网、吃西瓜，好不惬意，几乎忘了是在避难。很多人仿佛同时得到了通知，前来慰问我的情况。他们有的惊异于宜兴为什么会有山洪，有的甚至很兴奋地说我的运气极好：在校遇火灾，在家遭洪水，就差个地震了。我很恼火地关掉了手机，生平最恨说风凉话的人了。幸好还有z。7月10日。凌晨1:40，我开了手机，有z的短信，他说："我知道你累了，此时好想抱着你，安睡吧。"我看了看时间，1:33发的，我回他："我睡不着。"我睡在表姐的床上，她上夜班。我姑姑和侄子也睡在这张床上。我侄子今年约五岁，调皮得很，姑姑把他当块宝一样。他很霸道地横着睡，或者翻来翻去，我尽量靠在床沿上，不让他碰到我。我从来就不习惯床上有异物，更何况还是活物。"你闭上眼睛，慢慢就睡着啦"，看短信的时候，那小崽子翻身将臭脚打在了我的右眼上，我听z的话闭上眼睛，泪水就流了下来。"寄人篱下真不好受，我想回家。"我克制自己不发出声响,只有泪水从眼角流到发际。"明天来我家吧,我收留你。"z的话让我既感安慰又有些伤心。我们之间隔的不仅是170公里的空间距离。两点半左右,我催促z赶快睡觉,因为明天他还要上班。互道晚安后,我借着楼下路灯的光上了趟厕所,回来时发现仅有的30公分宽的领地也被那小兔崽子占去了。我站在床前手足无措。

再次看手机时我想起了现在是7月10号,有世界杯的最后一场比赛。打开电视机的时候,下半场进行了4分钟。我把身子蜷在一张椅子上,不停地赶着对我心怀不轨的蚊子,到忍无可忍的时候来上一记如来神掌。法国队对意大利队,两个国家我都喜欢,但偏向于希望法国队赢,其中包含了对齐达内烈士暮年的同情和敬意。我看得迷迷糊糊津津有味。到了第30分钟时我才意识到法国队的球衣是白色的,而蓝色的是意大利队。这足以证明我是个伪球迷。但我不想深究了,上帝可以作证我看球赛实属走投无路之举。幸亏有加时赛,不然四点钟以后我又不知道该干什么了。到四点半左右球赛结束的时候,我姑姑起床做早饭了。她和我姑夫都当我是个疯狂的球迷,不睡觉也要看球。我惨然地笑,就当是认可他们的评价。5:56,一群鸟儿从窗外的天空飞过,消失在我的视野之外。

我在八点的时候又睡了一觉,梦与齐达内有关。

今天是农历六月十五,我六爷搬进了新居,请我们去吃饭。爸爸来接我。姑姑报喜似的向他控诉我的罪状:半夜不睡觉看球赛,早饭也不吃。我在姑姑不在的时候悄悄跟爸爸说"今天我要回家去睡了",他明白了我的意思。他一直都是最了解我的人。

席间,亲戚们听爸爸讲洪水的经过,仿佛在听天方夜谭。我一杯接一杯地喝酒。我讨厌眼前这些人。

和爸爸回到家时雨已经下得很大,晾在邻居家屋檐下的衣服已经被两位老人抬进了屋。爸爸登门道谢。

坐在潮湿的小板凳上眼睁睁地看着雨一直下。爸爸说这边的房子不出一个月也要拆了,我们还得再搬一次家,下次一定租好一点的房子。他觉得是委屈我了。我心里的不痛快一下子都消失不见了。我说没关系的。

傍晚的时候天空放晴,爸爸把我的床板和席子拿出去晒。到晚上睡觉的时候,尽管还有点湿,但已经好多了。

房东家的井水不能用了,爸爸到一里之外的地方去接了两桶水回来。他把我吃饭的碗筷洗干净了又用消毒液浸泡,最后还用开水烫一遍,而自己的筷子则随便在抹布上擦了两下。

吃过晚饭,爸爸给我拿来了新的牙膏牙刷和杯子,大水把牙刷冲走了,他今天特意去买了新的。一管云南白药牙膏。他说听说对牙龈出血很有效,你试试。我偷偷地看了一下价格,￥25,心里咯噔一下。他一年的牙膏也用不了这么多钱,他只买最便宜的中华,每一管都挤了又挤,最后实在没有了才舍得扔掉。

我的牙龈出血其实并不严重,只是我经常嚷嚷着"呀,牙齿又出血了！"

7月11日。醒来发现是在自己的床上，尽管有点湿，有点霉味，蚊帐上也都是黄色的泥浆，然而我依然能够安睡。这就是家。

家啊。我满怀温暖地默念着这个词，眼前的一切都是那么的令我感到安心。油漆剥落的房门，褪色的窗帘，写字台上我小学时留在上面的稚嫩的笔迹，比我年纪还大的电风扇，墙角里的蜘蛛网，枕头上绣的"幸福"字样，蓝色蚊帐上我用白线修补的破洞……所有的东西都是那么的熟悉，仿佛相伴多年的老朋友，它们都熟识我，知道我的喜怒哀乐，只是它们什么都不说，默默地看着。

爸爸来我房间里搬衣服，假装生气地责备我是"小懒猫"。这是一个充满温情的称呼，带着怜爱和无奈。我暂时把怀旧的心情收在一边，起床和他一起去晒衣服。衣柜都进水了，所有的衣服都要洗一遍。我问爸爸这是第几盆了，他说谁还记得清呢。两个人平时看起来没多少衣服，可是一年四季的加起来也是相当可观的。他买了几把衣架，向邻居借了几根长篙在门口支起来，一排排的衣服蔚为壮观。十点多，老天突然变脸。打雷，下雨，像一场闪击战，让我们措手不及。我和爸爸一趟趟的从屋外跑到屋里，忙个不停。有一阵子，我几乎要哭了，有些快要干的衣服又湿了，而且家里几乎没地方放。老天啊，求求你让我们把衣服晒干了再下雨行不行！

我在屋檐下看着大雨发愁，心情一点点发霉。

中饭吃得比平时早，因为下雨无事可干。爸爸喝了点酒，很快乐的样子说："感谢老天啊，不下这场雨哪有闲工夫喝酒啊。"

他的这种乐观是哪儿来的呢？打碎了鸡蛋就微笑着做蛋饼。这么多年来他一个人把我带大，而我又像个低能儿一样什么都不会做，他该有多难啊，可是他从来就没有在我面前表现出一点点对生活的灰心丧气或者不耐烦。他真的觉得这样很好了吗？

"反正也没有多少事了，衣服晒晒地板拖干净橱里抹一下就又恢复正常了。啊，还可以睡个午觉。"

他的情绪渐渐感染了我，突然觉得眼前的水煮肉无比美味。一排排的衣服让这只有两个人的屋子显得很热闹。

我觉得有他在我什么都不怕。

下午两点多，太阳又出来见我们了。老不死的太阳，你好！我们把衣服抬出去，重新晾上。抻开一件件衣服时，感觉自己像夸父，追逐着太阳。

"洗了几大桶碗，手指泡得像虎皮凤爪。"我又一次向 z 诉苦。"怎么会有那么多碗要洗？"奶奶去世，妈妈去世，吃豆腐饭剩下的，爸爸说以后爷爷老了也要用的，所以全都留着。我不想对 z 说这些。洗的时候，好多次想到妈妈，想啊想，都想不起她的面容了。只剩下叹息。

收衣服也是项浩大的工程，邻居奶奶也来帮忙。她把一大摞衣服递给我的时候叹了口气："唉，要是你妈在就好了。"我抱着一堆衣服进屋的时候，突然就哭了。

要是妈妈在……不可能的事就不要想了吧。

7月12日。现在是凌晨两点多，我在医院里，父亲在睡梦中。瓶子里的液体正在一滴一滴缓慢进入他的体内，我希望他能赶快好起来。几个小时前，他在床上疼得直冒汗，却克制着不发出一点声音。要不是打翻了水杯，恐怕我到现在还不知道。过去的这么多年里，他是不是总是这样一个人在夜里忍受着病痛却不让我知道，第二天早上还要给我做早餐并面带微笑地看我吃掉？父亲呵，以后就让我来照顾你吧。

此刻，他睡得安然，微微有些鼻鼾声。此刻，我睡意全无。已经记不清有多少次，我有些小病痛就直嚷着不舒服，他紧张得要命，用那辆老永久载着我去医院。到现在，每次我去学校，他都不忘提前给我买好晕车药，并在适当的时候看着我服下去才放心。有一次我被鱼刺卡着了，我们步行去医院，途中他给我买了一个冰淇淋，吃着吃着鱼刺就下去了，于是我们开心地往回走。

我记不得自己是什么时候睡着的，醒来时发现躺在病床上，爸爸不知去了哪儿。怎么反过来了？我想不起是怎么回事。

好在他很快就回来了，手里提了一小包药，他说："醒啦？咱回家吧。"他说他没事，因为着了点凉并且吃了不甚干净的东西得了急性肠胃炎，他还怪我大惊小怪。他说人比想象中的要耐折腾。

路上，他给我买了一串冰糖葫芦，山楂夹核桃仁的，他说核桃仁补脑子。"我不是挺聪明的嘛"，我在一旁小声嘀咕，同时幸福地咬下半个山楂。

下午我们并未闲着,把床拆了拖到外面晒。床板上已经开始长霉菌了。还有碗柜什么的都要洗要晒。爸爸说幸亏咱们家里的东西少。他还弄来了一袋消毒粉,在墙角各处都洒上。

晚饭是我做的。用一个旧电饭锅炖肉,新的那个煮饭。肉无比坚硬,米饭像粥。爸爸说很好吃。

7月13日晴。一切又复归平静了。尽管房间里的消毒粉味道还在,可它比湿气更容易让人接受。只有点蚊香的时候才会想起洪水曾在这里逗留过。顺便说一句,昨天夜里蚊子差点把我抬到外婆家去。

如果我这几天不记日记,我想很多年以后自己肯定记不得曾有这么一段插曲了。从8号晚上到现在,四天五夜,经历了那么多,却又那么短暂。

下午爸爸去工作了,我也跟了去。我坐在小板凳上看着他工作,我曾以这个姿势消耗掉了童年里的无数个周末,就这么安静地看着,一言不发。不同的是,现在他已经不是紫砂厂的员工了,手上的工作也不再是做茶壶。他现在在修茶壶:把茶壶的破损处用胶水粘起来,经过上色、抛光,使茶壶看起来很古老。"基本属于坑蒙拐骗弄虚作假",他说,脸上带着自嘲式的笑,很无奈。他说市场不景气,好的茶壶卖不出去,只有这样的倒还有点销路。他说现在的茶壶越做越劣质了。我知道他心里是非常痛惜的。他做了二十几年茶壶了,每一把都是用心在做,而眼下这种工作有违他的良心,和一贯以来作为一个制壶艺人的骄傲。"可是，咱们得吃饭啊，还要供你上学，过几年你出嫁总不能没有嫁妆吧。"他语气平淡，倒像是在安慰我。

"爸爸，你为什么一直都不再找一个？"

"开始的时候是因为想着你妈，后来怕你还小有了个后妈会受委屈，再后来到现在你也这么大了我还找个人干吗呢，以后只会加重你的负担。"

"可是你总不能孤单一人吧？"

"怎么是孤单一人呢，不是还有你吗，丫头。"

……

7月16日，新闻里说由于受台风的影响，湖南遭遇了特大洪涝灾害。画面上洪水淹没了房子，大树只剩一个树冠，解放军和党员干部在抢险……

到处是可怜人，咱们还不算太坏。爸爸说。

7月17日。我回学校去上考研辅导班。路上半睡半醒，依稀听见电视里许慧欣在唱："七月七日晴，希望是我的幻觉……"

幻觉吗？就当是吧。

严格遵循
热力学第二定律
的生活

下午两点三刻，气温 22℃，多云，东南风三到四级。我综合各种感官测量到以上数据后，便怀抱着一个 422×140×316mm 的 HP 打印机盒出了家门。这次是我本周第一次出门，所以临走时还不忘抓一把钱并带上手机，尽管后者在现阶段于我仅有计时作用。

此次出门的目的有二，首先是要找一家快递公司把手中这个重量为 2.04kg 的打印机打发走，其次是要铰掉这一头繁茂的乱发。

"出门"这个词对于我来说一般是用其本义，也就是走出家门，比如说扔一个垃圾袋，或者买包盐。

有本书的开头说，最舒服的阅读姿势是找不到的。搬东西也是如此。

我先是把它放在身体右侧腰部附近，右臂从外面把它环住，重心左倾。走了大约三栋大楼的路程，感到腰肌酸痛，便将它换到了身体的正前方。不到五分钟，我就感觉到左手上抓的钱和手机是个累赘，我只能用四指的远侧指关节与大小鱼际形成的平面托起装打印机的纸盒。关节处很快由于重压变成了红色，这是我在变换姿势时发现的。然后我把纸盒换到了身体的左侧，同时把钱和手机换到右手，因为我不希望有人能从我搬物体的习惯姿势上解读出我的政治倾向。这一点我和我父亲很像，他刮脸的时候总是在某一边刮一下后立刻在以督脉为对称轴所对应的另一边上花同样的力气刮同样面积的一下，他说这样的好处是即使地震立马逃出去，也不至于因为只刮了半边脸而显得可笑。

我脑子里胡思乱想（这样是为了不让自己在50岁后变成口角流涎的白痴老太太），嘴里喃喃自语（这是因为我总是感觉旁边有个看不见的人存在，我说给他听），艰难跋涉到了木兰路。低头的时候，我看见自己手臂上茁壮的黑汗毛在最后一阵东南季风的吹拂下显得自由而快活。抬头，在木兰路向左偏的拐点处向南50m左右是我此行的目的地：一家新开张的"宅急送"门市部。我没有打电话差个业务员来取是因为那样做就等于向我父亲宣告我与苏林的这段恋情以失败告终，尽管那是事实，可我不能什么真话都说出来，不然的话，我每天的要务就是躲避那些志愿当媒婆的人喷薄的口水。

乐观地想，生活在这样一个地方是不错的。村上所有跟我母亲年纪相仿的人都关心我的婚姻大事，我母亲也关心所有和我年纪相仿的人，看起来一片和谐、温暖。我应该感谢那些好心人、热心人，不是吗？在这里，我认识每一个与我在马路上擦肩而过的，如果愿意深究，总能找到与他之间的千丝万缕的联系。马哲认为联系是普遍存在的，这个观点在我们这里有一种更为直观的表述：我妈的姨表兄的老婆的堂妹是我死党的二舅妈。广义上说，我们都是一家人，因此关心是应该的,而且是必须要接受的。因此,我捧个纸盒走出家门不到300m至少有一打人问我这是干吗去。我能怎么说呢?我说我和男朋友分手了,我去把他送我的东西还给他?

我知道,此时的自己看起来活像个弃妇。我的头发编成了麻花,那是村姑的标准打扮。白色上衣早已在摩擦中揩干净了纸盒上的灰。我穿着藏青色的裙子,这条裙子我曾借给《自杀》中的小柔穿着在西湖边走了一遭。穿在拖鞋里的脚丫子似乎就是浸在灰尘中的。

我一路风尘地去找你,带回来的只有一身疲倦两行清泪。

太阳渐渐被我甩在了身后,可是我却发现目的地越来越遥远。我改变主意,打算坐车去另一个更远的地方,那里有个"联邦快递"。我把纸盒扔在了12路车的站台上,转身去本镇唯一的邮局兑换了五个硬币。邮局里只有一个工作人员,她有一张让人不快的脸,很像我的朋友阿月。渐渐的,我就把她当成了阿月,我用对待熟人的口气跟她说话,而她总是摆着一张臭脸,这就使得旁人看我们两人的接触颇具喜感。她皱着眉头一脸不耐烦时,满脸的雀斑都被挤到了T字部位,在油光中显得特别的生动,我对它们充满了亲切。

等待12路车时人总会深陷无边的怀疑,怀疑车子遭到了外星人的劫持开到外太空去了或者是它已经改道永远不会经过这个站台。

今天早上,我问淘宝上的卖家:老板,我的书都10多天了,怎么还没收到,会不会消失了?对方回答:有可能,你知道的,时空是弯曲的,所以消失了也不奇怪。

这个卖家的思维接近于苏林,仅凭这一点,我就会给他打个好评。

乐购的免费购物班车从我张望的方向驶来,因此我知道此时大约是三点一刻。我打算在它掉头开到我面前时若还未等来12路车,就无耻地搭一程免费车。

结果证明我这个人天生不是揩油的命。一辆浑身几欲散架的土黄色的12路车在刹车的制动下发出杀猪般的两声尖叫后抽搐着在我面前停了下来,司机问我到什么地方,门没有开。我抱着纸盒,愤怒地冲他喊:你开门撒!他有些不快,但是嘴里的嘀咕声很快被发动机的悲鸣淹没了。车子颤颤巍巍地爬行,并不比我走路快多少。可是此时,手臂肌肉的酸痛让我下定决心,就是坐在乌龟背上老子也决不下地走路。

我把打印机放在靠后车门的一张塑料椅子上,自己的屁股还没沾到椅子就想起"联邦快递"所在的那个街口12路车并不到。

我大喊:师傅停车!

司机是故意的。第一个站台前他瞅着没人一踩油门直接开过去了,接着是往北面的厚朴路上拐去。第二个站台前他只减挡不踩刹车,车子缓缓地停下后我发现离站台已经至少有10米了。

他妈的他妈的他妈的他妈的他妈的他妈的他妈的他妈的他妈的。

我忍不住想要骂人了。

可是我能怨谁呢?司机在我上车前已经问过我了,是我自己搞错了路线。然而正因为找不到一个可以怪怨的对象加剧了我的怒火。看着路边一个个店铺暗地诅咒他们早早关张歇业。内心真是黑暗。我恨那个司机，恨苏林，恨手中这个纸盒。走过辛夷桥时，我想不如把它扔下去了事。

"别再寄给我了。如果你实在不想留我的东西，就直接扔掉。"苏林说。

"我不能扔。"

"那你砸烂它吧。"

"我也不能砸。"

"有必要这么执着吗？"

"有。不管我是扔还是砸，它都意味着首先我是接受了它，这样我才有权处置它。而如今，我不想接受。"

"那我现在正式委托你把打印机砸烂，可以吗？"

"我拒绝接受这个授权。"

我始终相信，任何事情做到极致的时候，它都会成为形式主义。比如热烈的爱情最后往往会变成由鲜红的玫瑰（其实那是切花月季）、钻戒（或者其他替代品）、单膝跪地、没有标明保质期和适用范围的誓言组成的求婚仪式。总是这样。失恋的痛苦也会成为一种形式：祥林嫂般不厌其烦的哭诉、废纸篓里沾满了鼻涕泪水的一小团一小团的纸巾、撕碎的打印着二人笑容的相片，有了这些后，就可以将痛苦回忆删除，重新写入与另一个人的悲喜。或者像我此时这样，以极不顺手的姿势扛着一个大纸盒，在路上艰难跋涉，目的全无，脸上的表情如殉道般悲壮。我并不在乎这个盒子能不能到他手里，我更像是在举行某种仪式。

盒子里装的东西：一台打印机以及说明书插头数据线、一本书、一包纸巾、一条红色围巾、一根塑料的手链、一个眼罩、一盒红色的杜蕾斯。这些东西只对当事人有意义，在旁人看来它们要么能当废品卖了，要么能引发一些暧昧的想象。

过了红绿灯，我向最初的目的地走去，也就是那家新开的"宅急送"。于是就略过了那家关着大门的"DHL"。

每隔10m换一个姿势。脑子里突然想起了盒子里的那本《无穷之旅》，说实话，我很舍不得还给他。我很喜欢这本书。书的来历让我念念不忘。

那一天是2月13号，我和苏林在开往东站的汽车上一起吃掉了他买给我第二天情人节吃的巧克力。晚上六点多，饥肠辘辘地在东站的大娘水饺店里等着面条的时候，他用筷子敲了一会空盘子，然后跟我说：我时常在想，我们做的每一个动作是不是都会改变命运的方向，比如我现在敲了盘子和不敲会不会有两种不同的命运？如果把人的一生看作是一个vb程序，那么整个世界就是一台超级计算机，上帝给每个人编了程序，所以我们的每一个动作都是一句程序语句，比如现在，"if 敲盘子 then 怎么样 else 怎么样"（他几乎想用筷子蘸了酱油在桌上写下来，被我制止），怎么样是上帝早就准备好的，可我们在选择的时候并不知道，这个结果是一个值，它影响着后面的运算，因此它与命运息息相关。如果真是这样，那么上帝的工程量实在是太大了，所以我只能说上帝伟大了。

我拿着筷子看着眼前这个男人，他那颗硕大无朋的头颅在这个嘈杂的人群中熠熠生光。

他接着说，但是每一个程序都有一定的容错性，比如我轻轻敲一下两下可能导致的结果没什么差别，但是如果我把这个盘子敲碎了结果肯定就不一样了。所以我在想，上帝给我们每个人所做的每一个选择的容错性究竟有多大呢？

也就是说，你想知道上帝允许你在多大的范围内瞎折腾，这样理解对吧？

也可以这么说。我只是在想，或许在我们看来无关紧要的一件小事，在上帝那儿是个大错，比如0和1的差别。而我们认为重要的，或许上帝对此根本就不屑一顾。我想知道重要和不重要是怎么界定的。

我不知道该说些什么，热气腾腾的面条帮我堵住了他的嘴。对于他来说，食物永远是高于一切的。

我看着他狼吞虎咽的样子，心里充满了崇敬与疼惜。我默默告诉自己，眼前的这个男人是独一无二的，他能在清晨醒来后跟我一起躺着谈论无穷谈论诗歌，他也能在车站这个充满了拥挤和喧嚣的地方思考上帝。

后来不知为什么，我经常回想起那场谈话。那是一场与天才的对话。我爱上一个天才。他让我感到光荣。那次我从他家带回了这本《无穷之旅》，我觉得它是个暗示，让我看到自己将来无数次回娘家时的情景：我开着一辆漆有七个黄色圆点的大红色甲壳虫走在两旁开满大红色映山红的宁杭高速公路上，小孩在后排睡着了，身边放着我带给爹妈的礼物：一些来自海洋的充满咸涩腥味的食物。而路仿佛没有尽头。

我猜测这一意象来源于他的一首小诗：三口之家／同乘木筏／妻儿睡啦／丈夫独划。恍惚的，我向南走了300m，就要到这条厚朴路的尽头，合果路横陈在不远处。我意识到就在我左脚走在过去右脚走在现在的某个时刻，我错过了那家"宅急送"。望着合果路，轻叹，然后转身。这一次，我只是看着路边一个个招牌，脑子里摒弃一切浪漫主义或感伤主义的联想。还是没有看到。再一次经过"DHL"紧闭的大门时，我只剩了一个希望：位于含笑路上的"联邦快递"。

那家"宅急送"可能也像那本书一样消失在了另一个时空中。

我开始变得像寓言中的人物。抱着一个宿命的盒子，来回地走。它让我伤心欲绝，让我筋疲力尽，而我不知为何就是无法将之放下。

盒子里的那包纸巾是我们第一次见面后在车站分别时他给我的。我一直没有用它，塞在抽屉的最里面。现在想来，或许它暗示着分手后的泪水。送我红围巾是因为今年是我的本命年。红色杜蕾斯同理。这两样都无福消受。我讨厌红色。我只爱红色的甲壳虫。

走过交通信号灯上的探头，走过褪色的斑马线，走过地上一块一块明暗交替的区域，走过弄堂里穿行而过的腥风，走过带着唾沫星子讨价还价的声音，走过世俗生活的味道，走过我赤脚奔跑的童年，走过一言不发的青春期，走过充满阳光和诗歌的十八岁，走过疼痛而热烈的二十岁。最后，我终于站到了你面前。我一无所有，两手空空。你在站前广场的人山人海中向着我走来，你伸出手臂让我咬上一口。

如今，我更愿意在猪肘子上咬上一口。

"联邦快递"的两个工作人员说着汉语，可我听不懂。很久很久之后，我明白她们说的是我要投递的地方他们不到。我在一阵恍惚中搬着纸盒退了出来。

我希望有那么一家快递公司，能让这个盒子永远在归途，在他离开人世的前一秒抵达。

含笑路上车来车往，我不敢过马路。我把纸盒放到草坪上，坐在上面。那一刻，我终于哭了。

有些东西就像《The Gods Must Be Crazy》中那个瓶子一样怎么也甩不掉了。这是一个能让人泪如泉涌的联想，因为我意识到了自己的愚蠢。一个工厂流水线上出来的东西，被原始人当成了上帝送来的礼物，我比他好多少？我曾把他当成生命中的礼物般珍惜。就连他送我一包擦鼻涕的纸巾，也把它看作是他的与众不同。东经120°，北纬31°，下午三点半，一个头发凌乱的女子坐在马路旁哭泣。

我不知道该拿这个盒子怎么办,不知道我该往何处去。

不知道过了多久,一辆黑车在我身边停下,问我要车吗?我抽噎着问:"你打算多少钱把车卖给我?"于是他抽了口烟绝尘而去。在淡蓝色的尾气中,我看到自己和所有人都在以各自可笑的方式张牙舞爪地生活,排出让地球升温的气体。有什么好哭的!

我绝望地看了下手机,刚才它是个累赘,现在我庆幸有它。

于是事情变得很简单,我打了118114(此处广告位招租~),问了个能上门收货的快递公司的号码,不久之后,一个开摩托车的小年轻停到了我面前。他单眼皮,面容含笑,皮肤光洁,头发在风中显得很柔软。心情愉快地填了单子,付了30块钱,拍掉裙子上的灰,我向着太阳落山的地方走去。

"嗖"的一声,我感觉像把它扔到了外太空。连同我荒诞的爱情。

早春的时候,他把它通过快递寄给了我,让我可以自恋地把日记打印出来。第一阵秋风吹来的那个下午,我把它还给了他。想想我们这么一来一往,给国家创造了60元的GDP,也是不错的一件事情。

我执意要在今天把打印机还给他,是因为他明天要去相亲了,就在距我们第一次见面三年之后。女人就是爱记那些所谓的、无所谓的纪念日。

本来我认为我们两个是能够天长地久的,可是热力学第二定律告诉我，一切只会变得更加的无序和混乱。我们像一个氧气分子变成了两个氧原子，然后要各自找寻能够结合的其他原子，在这个过程中不断地碰撞或者结合了又分开，消耗能量，增熵。我能看到他在那七个姨妈的口水下一次次去相亲的惨状，以及后来更加混乱不堪的婚姻生活。

这是万物之理。

一切都在变得更加糟糕。路过六中的时候，我看到里面的树木繁茂但杂乱，一株木兰居然在这个季节开花了，这是全球变暖带来的不可逆转的危害。我的头发散了。我爹骨头撞断时花了不到三秒，可是两个月了还没有长好。我身边的人都在变得成熟和市侩，以消耗纯真为代价，我也不可避免。

晚上七点多，气温已降到了20℃以下，我在路灯下的风中约摸呼吸了10分钟的臭豆腐味后，等来了阿月。她从南京回乡喝喜酒，顺便接见未来的公婆。

寒风让我恼火，臭豆腐味让我反胃。更不舒服的是，她已经来过我家多次，居然还不认识。

"我是路痴你是知道的。"

我知道。我知道很多女生都是。可不幸的是，我恰好不是。我去过一次的地方就会记得怎么走，而且在一个陌生的地方，我总能感觉出东南西北，基本无误。我的同学经常是在街上迷了路打电话来问我怎么走，这是我引以为豪的一个优点。可是到分手的时候，它竟成了我的一项罪状。和苏林走在一起,每次他都带错路,即使是在他自己的城市,他都摸不清,最后我忍不住要说:"我们这是在往西走,图书馆不是在南边吗?"他觉得我的这个优点伤害了他的自尊。可笑的、男人的自尊。

阿月皮鞋的铎铎声与秋夜的凉风有着相同的气质,它们都能让我手臂上裸露的肌肤泛起一片粗粝的疙瘩。

"阿月,你现在穿这鞋走路都习惯了吧?"

"这个跟不高,很舒服的,你看撒。"她提起右脚的裤管跳着抢在我面前,非要让我看个仔细。尥蹶子。我想起了这个词。此刻的她像一只生了蛋之后蓬着羽毛到处炫耀的母鸡。

然后她暗示我四位数的鞋子穿了感觉就是不一样。

我缄默。我不想告诉她我脚上的布鞋 10 块钱 3 双,也很舒服。我发现我们两个正在沿着一个 V 字渐行渐远。那个起点便是高二时的某个黄昏,我们在六中的顶楼一起大声诵读诗章。"全世界的兄弟们,要在麦地里拥抱。"

我知道,如今这个年月,谁谈论诗歌谁就是傻 B。

我们的话题很自然地围绕着从前的同学现今的状况。她说谁谁要结婚了,某某的男朋友家老有钱,她也说到了自己的男朋友,以及白天见公婆的情景。最后,我大致归纳了一下她的中心思想:很多人都尘埃落定了,她的未来也会越来越好的。我看着她那张用兰蔻修饰过的脸,再把它与邮局的那个人相对比,感觉后者才是真正的阿月，而眼前的这个不知道什么时候被偷换了。

阿月原本是阿月浑子的简称，可是时间长了她自己都忘记了。

于是我突然就有了某种恶意，喝了口溶有氯气的水后对她说："阿月，你还记得热力学第二定律么？如果把它推广至世界观，也就是说，事情永远只会变得更加糟糕。呃，严格来说，应该是使事情变糟所耗费的能量要远小于使它变好。因此，结婚不可能是一件尘埃落定的事，而只是更加混乱的开端。以后的事情谁知道呢，婆媳矛盾、第三者插足、生个同性恋儿子，这里面的每一种可能都比分手更加糟糕。"

她说，看来他对你的影响已经深入骨髓了。

她说对了一半。我渐渐学会了以他的眼光看问题，以他的方式来思考。可是，渐渐的，他也在远离原来的那个苏林。于是，我们成了完全弹性碰撞实验中的两个小球，他以一个极快的速度撞击我的世界，之后，他静止，我获得了那个速度，在这其中保持动量守恒。这是我唯一无法用热力学第二定律来解释的地方。

也就是说，过去的我爱上的是如今的自己。明白了这一点之后，我的心里无比舒畅。

送走了阿月之后，我找出了一张被卷起来的话费单，抹去上面箍的橡皮筋，假装这是个羊皮卷，给钢笔吸饱墨水，开始写这几个小时以来所发生的事。这张话费单长达6.4米，是我和苏林联系上后第一个月的短信清单。那天打印出来后，我身边的人意味深长地说，这么长上吊都足够了。我挥舞着这条白色的纸带，走在护城河边的木板上，突然就唱起"奴似嫦娥离月宫……"，一种无关崇高的凄凉开始泛滥。河水在我脚下为我打着节拍，泛起一片雪白的嘲弄。纸带上同一个电话号码重复了近2000遍，谁看了都会觉得傻。

纸卷渐渐被展开，记忆的墨水渐渐模糊了一排排相同的数字，纸变得凹凸不平。这也是一个增熵的过程，它再也无法回到原来的平整光滑和清白。这才明白，原来熵的方向才是时间的方向。

清晨快醒来时我做了个梦。梦见和苏林坐在一个教室里，突然地震了。他在外侧，收拾下东西就往外跑。我冲他大喊：难道我不是你最大的财富吗？然后他才勉强拉着我往外跑。出了教室，一阵震动后我手中的包的带子掉落缠住了脚。他只管往前跑，在拐角处回头看了我一眼，犹豫了一秒钟，还是独自跑走了。我就这么一个人摔倒在往前狂奔的人群中，独自等待醒来。

睁开眼睛，阳光已经落在了我的床头。我看了看书架上面的花瓶，没有晃动过的痕迹，心情突然出奇的好。我知道，在我的潜意识里，他已经不再可靠了。

我从床上坐起来，随手揿死了栖在墙上最后一只属于夏天的蚊子，掸掉尸体后，我确定热烈、迷乱又隐隐疼痛的夏天终于他妈的给我滚蛋了，墙上留下一个充满了蛋白质的深灰色感叹号。

二八纪事

一 "找个比你差的"

我静静地看着早已死亡的花朵在玻璃杯中起起伏伏，内心充满了愤怒和它带来的兴奋感。这个家里已经处于一级战备状态，所有人都随时准备开战。就在刚才，我已经和老爸交战几个回合。

事情的起因是，晚饭后我拿出了一份南京大学硕士研究生招生简章，怪腔怪调地读了两句，并且对照着自己的情况加了几条口头注解。那个怪腔怪调是拜我们办公室新来的小姑娘所赐，一整天，她都在唱一部动画片里的插曲，并模仿那些台词。说啊唱的，搞得我误以为自己还很年轻。老爸适时地点醒了我，他问："要念几年？"

"三年或者两年。"我翻到了简章第三页。

"你今年二十八，就算能考上，也是要到明年开学，二十九、三十、三一，你要到三十一二岁才毕业！那你打算什么时候结婚？"

"不知道，到时候再说呗。"我就是这个漫不经心的样子。我漫不经心地活了二十八年了，胚胎时期还没计算在内。

"不要挑了，把要求放低点找个人嫁了吧。找那些比你差的。"

"比我差的？哪一个不比我差？那也要找得到啊！"

"怎么没有？前天三婶不是给你介绍了一个吗？"

不说倒也就算了，一提起我就光火了。那个男的，咱不说他是雄性动物已经很勉强了，长得丑也就算了，还是个开挖土机的，开挖土机也就算了，居然还看不上我，看不上我也就算了，相亲第二天他居然给我留言"今天我又有约会，是个十九岁的，等我有空再约你"，这都是些什么人啊！我三婶，三婶的表姐，三婶表姐的同学，三婶表姐同学的小姑子，三婶表姐同学的小姑子的同事……全都跑出来关心我的终身大事，好像我不结婚就是给社会添堵一样，尽给我介绍些光怪陆离的男人，这倒好，相亲最终成了一次又一次珍稀动物鉴赏会。

不知是我刻薄，还是这个世界对我刻薄，我一次次问自己："难道我就只配嫁个挖土机司机吗？"所以我也是这么问老爸的。其实我有时也在暗示自己：你就是嫁挖土机司机那种层次。我也试过和挖土机司机交流，可交流的结果是，我恍然明白，对于挖土机司机而言，我的年纪太大而胸太小。

"挖土机司机怎么了？只要能挣到钱，日子不照样过，饭不照样吃？"老爸说话向来这么通俗且功利主义。作为女儿的我，怎么就跟他完全相悖呢？

"呵，是呀，说穿了，不就是一张嘴巴一条鸡巴吗？都一样！"我知道，有些话，说出来之后总能引发爆炸，可我就是喜欢把它说出来。就像结痂期开始发痒的伤疤，我就是喜欢把它撕开，让血再次迸出。淋漓的痛感，变态的快感。

接下来，老爸的言辞由通俗渐变为粗俗，再转变为言语暴力。这样喧嚣的唾沫星子，滋润了我的整个青春期、学生期。所以，某天，当我考上大学时，我名正言顺地逃离了。我以为我可以永远不再经历这种言语暴力的摧残。当我带着丈夫、儿子偶尔来探望他，因为仓促，我们尚未交谈到吵架的地步便已挥手作别。我们终于可以像正常父女那样坐在茶几的两边，喝着同一只壶中的两杯茶，相谈融洽但适可而止，多么恰到好处的惬意，多么像传说中的天伦之乐。

事情在某个地方错了。是哪里呢？我不应该带着爱情的伤口回来？不应该在外漂泊那么多年只为追随我的梦想我的爱？又或者，我不应该为了初二语文老师给我的一篇作文打的满分而做一个作家梦，还一梦就是十年？还是，我压根就不该进入这个凶险又无奈的世界？

传说，一着不慎，满盘皆输。难道，传说是真的？有什么地方错了，导致我的生活不可挽回地滑向了狗屎堆，并且沦陷其中。

我想要有所改变，我想要更好的生活，我想要变得更好，才能去昂首迎接一个让我赞赏并且珍视我的男人。所以，我想要重拾我的学业，重新赋予生活以激情与意义。在狗屎堆里难道就不兴做一个玫瑰色的梦？我是二十八了，可，若我能活到八十八呢，我难道要在这里虚度那剩下的六十年？

二十八，岁月尚早。

二 夜奔

我恶狠狠地喝掉半杯玫瑰花茶。那些花朵，尚未绽放就已经枯萎。杯子里的热水，给了它们虚假的温暖，它们假装重新焕发生机。我不想从玫瑰花的状况中找出与自己可悲境地的对应关系，我甚至连玫瑰花都不如，我就是株自视甚高的狗尾巴草。

好吧，从此以后，狗尾巴草要像狗尾巴草那样生活，那样的粗野与张扬，那样的生机勃发。

我打算开始运动，要以金刚不坏之身投入遥遥无期的婚姻战场，与生活决斗。

第一项运动：游泳。游泳馆我每周去两次，周一和周三，避开拥挤的周末，因为人多水杂。

始终是没有勇气穿比基尼。因为我的胸，因为大腿两侧美丽而哀愁的妊娠纹，以及日渐厚实的腰部。后者，我知道它是由梦想在电视剧、柴米油盐等的催化之下，与爆米花发生反应，转化而来。

听说，游泳馆是最容易发生邂逅的场所之一，不过我比较不招人疼，除了那些尚在发育期的小男生会有意无意地往我身上蹭之外，我只得到了一样东西——霉菌性阴道炎。

损友开玩笑说，这是你今年收到最大的一份意外之礼啊。我要说什么来表达我的心情呢——洗洗更健康！

我改跑步。不花钱，也更安全。宜兴是个好地方，有个山寨版的西湖可供绕湖跑步。于是我打算喜欢这个城市。

跑步的好处显而易见：吃了晚饭有个正当理由可以出门，回来时可以一头扎进浴室，减少了很多与爹妈发生冲突的机会。我渐渐爱上了在夜色中御风奔跑的感觉。心里念念有词，叽叽咕咕，无人倾听，无人在意。

几天跑步下来，我的牙龈出血消失了，失眠也有所好转，于是我对生活有了乐观的想法，认为我总能找到传说中的 Mr.Right。让我坚定信心的，主要还是因为我遇见了初中高中的同学袁景。

初一时，袁景坐在我后面，成绩也一直排在我后面一名，他迷信地认为把位置换到我前面就能考试超过我了，为此没少跟我烦。我能记住这个细节主要是因为它与他高智商的形象完全不符。袁景毫无疑问是我遇见的男生中智商最高的一位。初中时，我的成绩很不赖，有一次我花了二十分钟解决了一道难度颇大的奥数题，得意地故意回过头去问袁景同学。他看了一眼题目，旋即画了三条线，然后口述了解题过程，语速极快，毫无停顿。解题完毕后说：姚黄，以后这么简单的题目就不要来问我了哇。当时的我自是心里岔然，但说实话我对他是很欣赏的。后来的袁景，更是愈发让我望尘莫及并且自惭形秽了。他高中时，在理科上的天分简直就成了我们学校的一大传说，至今没人能打破他连续二十一次月考数学满分的纪录。

我实在没有想到袁景南大博士毕业后会回到家乡这样的小城市，据我对周围人的观测，回来了就不大可能再出去了。我脑子里开始胡思乱想，觉得可以和他发展一下的，毕竟，他符合我对另一半的所有期许。

于是，我在一个清爽的傍晚发短信问他有没有兴趣晚上一起跑步。他说好。十分钟后，我们在约定的地方碰面，就这么开始了晚上慢跑运动。

跑步的时候，我在想，这个世界多小啊，想找任何人都不难的。就说袁景吧，他其实跟我就住同一个小区的南北两片，他的妈妈跟我爸爸是旧相识，上大学之后关于他的消息，我都是从我爸爸那里听来的，相信他也会从他妈妈那里听说我的情况。事实上，我们的生活是息息相关的，这就是小城市的可爱之处。

我老妈得知我和袁景跑步之后，就不怎么在我面前念叨找对象的事情了。她偶尔也会问问我们的情况。我觉得她内心里也是希望我们两个谈一下的吧。大家都是知根知底的。

我向损友们汇报：我在跟一个帅哥晚上一起跑步。她们都认为此事大有可为。袁景同学多年不见，变得又高又瘦，而且还很帅。

夜色里，路灯下，我在奔跑中侧过去看他，他说着话，脸上挂着笑容，有酒窝，腼腆得很迷人。他在解题时很自信，甚至可以说带有某种张狂，然而与女生相处时却是那么腼腆。

我瞬间由坚定的唯物主义者转变为相信星座的傻女人，开始搜索天蝎座男生的性格，与袁景对照，打探他，分析他，研究他。他大学念的工科，可谓是和尚班，60多人的一个班，女生是个位数。他除了上课成天窝在宿舍里和一帮行为古怪的室友打牌看碟胡吹网游，如此蹉跎了四年。后来硕博阶段，差不多就是本科生涯的延续。所以，可以说，到今天，他这一生中尚无恋爱史。

我承认，我对他动心了。我脑子里甚至闪念过婚礼的情景。他是如此卓绝。某一刻，我甚至认为他就是上天派来拯救我的那个人。不然他怎么会和我一样阴差阳错地回到生命的起始地呢？

我喜欢生命中各种阴差阳错带来的惊喜，想必袁景就是其中之一。

每天跑步跑到目的地之后，我们散步回家。这段时间里，随便聊着。夜色温柔，晚风轻拂，桂花香气馥郁。如果，我是说如果，我们十几年前便牵手，那会是多美好的一件事呢？

袁景他不会系鞋带，每次都散。我低头的时候，总在思忖要不要帮他系好。那种忐忑的心情仿似初恋。真是奇怪，我不是十四岁的少女，居然还会有那种悸动。我怀揣着小算盘跟他一起跑步一个多月。有几天，我在一切公开的场合表明心曲，QQ签名或者是网络日志，反正几乎就是全世界与我有关的人都知道我对他有意思了，唯有他不明白。

我惴惴不安地约他一起看电影,他正好加班没时间。后来,他约我一起在团氿边散步,我欣然应允,内心开出一朵朵愉悦的小花。

他问我晚上都做些什么,我说看电影看书或者学习意大利语。你呢?

他说,他每天跟同事打电话,其他什么事情都不做。

我随口问:男的还是女的?

他反问:你说我的同事里是男的多还是女的多?

他在移动的营业厅里!我真是猪。

我再也不低头看他松散的鞋带内心纠结了。去你妈的鞋带。我顿悟了:智商再高的男生还是喜欢那些外表好看但没啥脑子的,因为跟这样的女人相处比较省心。我自认为长得不坏,但我的缺点是太聪明,太尖锐。谁让我的偶像是苏珊·桑塔格呢。可是在这样一个物质和文化极度两极分化的地方,谁知道桑塔格呢,又有谁会喜欢桑塔格那样的女人呢?

这些发现还是让我觉得很羞耻。我羞耻,是因为我竟然对他动心了。而且,我竟然那么容易就对人动情,这是极不成熟的表现。

三 | 桐姑娘

我那些尖锐的言辞在网络上还是赢得了一批人的欣赏。前阵子注册的相亲网上,留言颇多。其中有位胖兄极为殷勤也十分诚恳,说话也颇为机智诙谐。与袁景交恶的那天,我跟胖兄连了下视频。结果,一聊便说到了夜里一点半。

胖兄年29,体重1/8吨,身高180,却有一颗十分细腻的心。巨蟹座(我的绝配星座)。法学硕士毕业,法院工作。独生子。家庭和睦。宅男。不喜抽烟喝酒。最爱看片(我也是)。擅长烹饪(这样的男人热爱生活)。喜爱园艺(我的最爱)。胖兄的恋爱史纷繁复杂,以暗恋和短线居多。因为喜欢他机智谈吐的女人,也往往会不喜欢他的体重。那些不介意他的体重的,往往也是肥妞,而他却又介意了。总之这样,比啊对的,时间就蹉跎掉了。

"那么你要找个什么样的呢?"我问。

"姿色中等,智力正常,稍有幽默感为佳,能过日子的,处着不拧巴的。"他说。

于是，我就知道为啥我会被剩下来了：我拧巴。

你还好。他说。很淡定。

胖兄是个明白人。而袁景，心智还不成熟。和一个成熟的人交流不那么费事。这是我们能聊到一点半的原因。

胖兄问：要是我减去80斤，你会考虑我吗？

我笑。不知道。

心里也笑。他让我的自信心极度膨胀。想，虽然我这么个村姑年纪是大了点，但总的来说还是个好姑娘。

事实证明，我不仅有男人缘，女人缘也不错。相亲网上有位桐姑娘这么给我留言：姑娘，昨天看你的自我介绍后链接到你的博客，看了我一宿，可还有好多没看。我想，我不能错过机会认识你这么一个有趣而又有才情的好姑娘。

我们交换了QQ，就开始在网络上聊起来。很巧的是，她是袁景的本科同学，又在我念的大学里读的研究生。世界就是这么的小。

桐姑娘用最短时间打探我的喜好，给我寄来一堆东西，每天发信息道"晚安"，不到一个礼拜，她就从南京过来，陪我看周末电影。她的热情让我受宠若惊并满心欢喜，想我这个人还不是太衰，至少还有人喜欢。

我和桐姑娘的关系直线升温，很快我就把她当成认识多年的至交闺密，什么事情都跟她吐露，把她的手机号设在"亲爱的们"分组里，有种相见恨晚的感觉。我们可以聊的话题也很多，我们共同的学校、袁景同学、美食、手工等一件小事就能触发无穷无尽的话语。她说想认识我的所有好朋友,想参加我的婚礼,想让她的小孩跟我的小孩一起长大成为最好的朋友……总之,我淹没在她汪洋般的情谊中,巨大的浮力让我飘飘欲仙不知西东。

四

炮灰

突然间,我"咚"的一下结结实实地摔在了地上,虽没有粉身碎骨那么夸张,但是有痛说不出。

她说:"其实,我好喜欢袁同学哦。这是我们的秘密哦,你不要告诉他。"

我目瞪口呆地望着电脑屏幕,要不是自己的电脑,早就一口唾沫啐上去了。滴滴声继续传来:"他那张照片笑得好阳光啊""不瞒你说,我还是处女""我们一起约袁同学出来吃饭吧,那个韩国烧烤我很垂涎的说""你咋不说话了?"

我喜欢你,所以不理你了好吧?我的内心开始翻江倒海。"我去拉个屎再说。"我生生地回了这么一句。

"姑娘你好可爱呀。"滴滴声伴着一个弱智的表情,让我火冒三丈。

可爱?作为一个资深泼妇,这个词简直是对我智商、阅历和学识的综合侮辱。我突然抑制不住对她的恶心感。这是怎样的一个女人啊,她跟她前男友谈了7年没上过床,后来发现那人居然把处男之身给了一个非处就把那人给蹬了，之后在空窗期迅速地恋上了一张照片上的袁景，然后就想尽办法打入他的生活圈子，看到我在袁景空间的留言就顺藤摸瓜找到了我，居然还在相亲网上给我留言，这叫什么事情呢？她说你不要告诉他。好吧，我不会告诉他的。

我打定主意不告诉他，等着看看她还有什么法宝。之后几天，她继续短信、QQ骚扰我，说："我昨天梦见跟他结婚，他笑得那么阳光，我的心都快化了，醒来后发现枕头都湿了""我知道跟他不可能，可是为什么总是放不下他呢？他有喜欢的人了""昨天跟他打电话说到凌晨两点，他喝醉了，他喜欢的人拒绝了他"……后来，当袁景跟我说他跟她聊天的事情时，我忍不住心慈手贱，对他说："她喜欢你，你看不出来吗？你要喜欢人家，就直说，不要拖拖拉拉的，要不喜欢，也干脆地说，这样聊到深夜两点算什么事情呢？"

我太鄙视我自己了，一点都不够狠。

隔几天，她又来骚扰。"你怎么把这事跟他说了？"

"这不是如你所愿吗？"

她跟我说，袁景让她做他女朋友。他说："姚黄说你喜欢我。"

这个男人太让我无语了。"袁景，你怎么这样呢？""我就是这样子怎么了？你不要理我好了！"

珍爱生命，远离变态。我决定让自己消失。

五

玫瑰人生

冬天转眼就来了。我二十八岁末尾的冬天雪特别的刺骨。我依旧一个人，对抗着一年一度长达三个月的感冒。

开始写这乏善可陈的一年之纪事前，我这么告诉自己：尽管生活很糟糕，但至少你还是女一号，导演不会让主角一早死翘翘的，一般都会有个幸福结局。可是，看看现在的情况，我成了炮灰，还不得不点颗媒婆痣去道贺。他们用尽一切手段在公开场合互诉衷肠，情话绵绵，呕不啦叽。

公司年终酒会结束后回到家，躺在沙发上用手机上网，看到她说"好失望好失望"，而袁景在下面留言"不是还有我吗？"时，我一口气没屏住，泪水就迸出来了。我把他俩都拉进了黑名单，手机号码删掉，之后开始呕吐并伴着大哭。这算什么生活呢？今天，那些考南京大学硕士研究生的家伙应该都在挑灯夜读吧。我弄糟了我的生活，眼睁睁地看着它失控，滑落。我的额头抵着茶几边缘，面向垃圾桶，把一个钟头前就着红酒吃下去的鸡鸭鱼肉和我不想接受的一切情绪都吐了出来。泪水在呕吐物中显得那么得微不足道。我的生活已经被我吐得一片狼藉，我想，我该去解两道解析几何来清醒一下，或者扭个四阶魔方什么的。生活里多一些复杂的事情，可以看起来充实些。可那些东西就像棉花糖，看起来很大一坨，舌头却感觉不到实物。妈，我尝不到幸福的味道。他们正在通话中，而我却只有内心独白。"你已经二十八了。"我姑姑的声音在我耳边回荡，那个时候我二八，高中入学军训把我晒得很黑，我在她家吃中饭，我表姐没对象，那年表姐二十八。我二八的时候，不知道天高地厚，认为自己会有个玫瑰色的人生，蓝天碧水都是为我准备的，爱情是取之不尽用之不竭的东西。我用十二年奔向属于我的生活，没想到走进了死胡同。我面前唯一一扇门是婚姻，但我说不出那句咒语。我知道，说出来了墙就轰然开启。我表姐三十六岁那年初冬结婚，嫁了一个差强人意的家伙。我看着我表姐独自与周围对抗了很多年，我就躲在她身后。现在，她草草结婚，举手投降。失去了她的保护，我突然间看清了自己的处境。而她，立马与七姑八婆们站在了一起，把她们曾对她说的话统统投掷到我身上。"你要结婚，这样才能有生活。"这种看似荒诞的逻辑有强大的群众基础，我推翻不了。

电话铃响，像劣质剧情。为了安慰炮灰女二号，总要出现一个不如男一号但也不那么差劲的男二号。然而肥皂剧里不会让10086给女主角打电话通知欠费，否则就变成了植入式广告，也不会出现诈骗电话，否则就成了法治在线。我知道我的电话响只有这两种可能。我泪眼婆娑，狠狠地按下了关机键。世界与我无关，我要睡觉。经历过那场撕心裂肺的失恋之痛和之后漫长的苦熬，我渐渐明白了睡觉和时间才是治愈良药。通过再谈一次恋爱来医治，那搞不好就成了饮鸩止渴，袁景于我就是如此。

望着日历上即将见底的日子，想这一年就这么蹉跎掉了，心有不甘。在相亲、自作多情和成人之美中又过去了一年。二十八岁就要结束了，我还能相信我能有个玫瑰色的人生吗？

或许我该相信吧。当胖兄出现在我们公司门口，左手一束蓝莲花，右手一束粉玫瑰的时候，我想我确实看到了。

他问：你想要哪一束？

蓝莲花是永远自由的心，同时也意味着孤独。粉玫瑰是什么，是愚蠢而甜蜜的婚姻生活吗？如若真要取舍，我该选什么呢？

"人生没有那么多艰难的决定"，他把两束花并在一起，"正如你说过的，生活是以一种清醒、敏锐却又随遇而安的心态按着自己的心意去度过一生。而这样的好姑娘，值得拥有所有的玫瑰花的祝福。"

我已经对甜言蜜语有了免疫力，我只是暗暗思量着他的话，反问自己是否配得上这么好的花。我沉默地看着这个胖子，他肯定已经没有 250 斤了，我能想象他努力减肥的样子。胖兄啊，我想我下一年的纪事中，你该不会只有这么少少的一小段了。可是，你为什么来得那么晚？"因为我在减肥"，我猜他会这么说。

"你在想我刚刚这番话的可信度有几分？"胖兄一向是那么心思缜密善解人意的。

"不，我只是在考虑我是否可以用一束狗尾巴草做新娘花束。"

六 | 尾声

亲爱的读者朋友，以上就是我狗血淋漓的二十八岁纪事。如果，你们看到最后终于为我有个还不算太糟的结局而舒一口气，那么我只好说，你们对生活的狗血本质还知之甚少。

不过呢，既然你们觉得好，我也就不再说下去了。毕竟，二十八岁已经过去了，永远地。

一

清澈

我看见一条肮脏的河流奔向大海，越来越清澈。

——海子

那个神奇的小孩小名叫阿宝，大名还未定。他的母亲在怀上他的第23天开始睡觉，并在睡梦中生下了他。他的整个童年记忆中，母亲仍然是一直在睡觉。阿宝在他母亲的子宫里睡了320天左右才懒洋洋地钻出来，之后他一直睁着眼睛。是的，阿宝他从不睡觉，但并不是说他精力旺盛，绝大多数时间里，旁人看他都以为他是在梦游。

由于他在母亲子宫里的耽搁，他的外公外婆觉得他邪气，便把他扔到了火车站的垃圾箱旁边，三个小时之后，他自己走了回来，那时他六个月大。他的外公外婆更觉得他邪气，总是想方设法故意制造点意外事故好让他正常死亡。有一次，他们在他喝的米糊里加了两个图钉和一小把碎玻璃，阿宝气定神闲地喝完米糊，把碗往桌子上一倒扣，金属和玻璃落在大理石桌面上的声音十分悦耳，听得两位老人毛骨悚然。不久之后，外婆在他洗澡的塑料盆里放进了浓度为 50% 的硫酸,他一言不发,把菜刀铁锅之类的东西统统扔了进去。他的外婆甚至用曼陀罗花、羊踟躅、透山根、断肠草之类的东西熬汤给他喝,他都安然无恙。四岁那年,他的外公把他扔到了江里,三个月后他回来了,还带着一条臭烘烘的长江刀鱼,之后,他们意识到再也无力加害于他了。

他一直不说话,也不笑,他的眼睛永远是灰蒙蒙的。起初他的外公以为他患了先天性白内障,于是用左手撑开他的眼睑,右手拿一块浸了酒精的纱布在眼球上来回擦拭,还不时地朝上面哈口气,像在擦一块玻璃,然而没有用。后来,外公计划用硫酸铜吸收掉他眼睛里多余的水分,好让他的眼球呈现出海洋般的蓝色,也失败了。外婆觉得他目光瘆人,便从大桥下的小贩那里买了一副绿色的太阳镜让他戴上,戴上之后她又觉得绿森森的眼镜也瘆人,便去换了副黑的,结果他的头发与黑镜片仿佛连成一体,远远望去大半个头是黑的,只有一个白下巴,更瘆人。老太太把各种颜色都换了个遍,最后选择了一个乳白色的不透明镜片,与阿宝的惨白脸色差不多。哪知第二天,阿宝自己在镜片上用蓝墨水画上了两个眼球,左边的是横切面,右边的是纵切面,老太太只好把墨镜扯下踩碎了扔到五里之外的垃圾箱中去。

其实阿宝的长相并无任何怪异之处,可以说完全符合遗传规律。他有外公的高颧骨,发际线同样很低,发质与外婆的一致,甚至有一块胎记与他母亲的那块形状、位置完全一样。但就是这种相似性让他的外公外婆感到害怕，怕他是由他母亲身上掐一块肉下来长成的，就像空心菜或山芋藤一样。他们每一次谋杀未遂之后，便会感到自己的寿命因此短了一截，这种想法又加深了想要彻底弄死他的念头。还因为他不睡觉，两位老人总是担心他要弄死他们俩，以此来增加自己的阳寿。他们不知道阿宝在干什么，只是感觉他无处不在，有时是在他们的紫砂壶里，有时是在马桶的水箱里，有时在排风扇中，有时在晾衣架上。屋子里充斥着一阵阵怪异的声音，像有一千个孩子在各自玩着不同的游戏。

对于不知道的恐惧使老太太拿上阿宝的八字去找西村的小瞎子算命。了解了所有情况后，小瞎子用他那虎皮凤爪般的手将阿宝浑身上下摸了个遍，甚至还庄重地用双手掂了掂他的蛋蛋的分量，最后跪倒在他的脚下，泣不成声。三天后，小瞎子死了。据抬棺材的人说，小瞎子的眼睛是睁着的，与明眼人并无二致。

外婆对无故花掉了钱，却没得出个所以然来很是气恼，怒气冲冲地奔到小瞎子家想要索回咨询费。

小瞎子的老婆是个十分美丽的女人，此时她正素衣缟服，哭得梨花带雨。她说："我们当家的知道你要来，临终嘱咐我定要把这个交给阿宝。"说话间拿出来一个土黄色的信封郑重地递给外婆。外婆怒气冲冲地撕开散发着老鼠尿味的牛皮纸，里面是一本发黄的书，外婆不识字，看也没看就把它扔到了正在燃烧着纸锭的火盆里。这是小瞎子的师傅传给他的，据说此书是明末清初苏州阊门相士李鬼眼所撰,书中记载了其毕生绝学,他通过算卦找到了能继承他衣钵的一个骨瘦如柴的乞丐,然后一代代传到小瞎子手上。

它就这么消失了。历史往往决定于某个戏剧性的一瞬间,因为外婆盛怒之下的这么一扔,阿宝错过了成为一个伟大的预言家的机会。

阿宝就这样在这个充满了怨毒的地方顽强地一天天生长。他像一株毒草,长在一片有毒的沼泽地中。渐渐地,他到了该上幼稚园的年纪。

外公外婆这下算是松了口气,因为他们相信,老师是小毛孩的天敌克星,再难驯的小孩到了老师手里也会蜕掉三层皮,变得乖乖的。于是老两口发了回狠,取了存折把他送到一所据说采用西点军校管理方法的幼稚园。

正当老两口享受着几年来难得的清闲时,老师带着钱也带着阿宝来到了外婆家,哭着喊着请他们收下这钱和阿宝。至于为什么,那个刚刚硕士毕业的壮小伙怎么也不愿意说,只是从他眼睛里,外公外婆读到了一种前所未见的惊恐。

就在两位老人犹豫的时候,老师放下钱,以接近于博尔特的速度跑离了外婆家。两位老人并未泄气,他们在小区的信箱里拿来了几十斤无主的报纸,开始在各个角落寻找可以安放阿宝的地方。还真让他们给找着了。城南边馒头山净饭寺正收小和尚,所有条件仿佛都是为阿宝而设的:男孩,童子身,有慧根,面目清白。于是外公外婆像送瘟神一样嘴里念念有词地一路把他送到了净饭寺中。

在回来的途中，两位老人聆听着山林里清脆的鸟鸣啁啾，感受着竹叶间的凉风拂面，觉得天地一片清朗，宇宙一片澄明。

与此同时，庙里的一群和尚在围着阿宝使劲瞅。

方丈一挥手，所有的和尚靠边坐下。

"你叫什么名字？"方丈问。

阿宝不说话。

"好，从今天开始你就叫未名。你跟着知了师父看管菜园。"

知了师父五十出头来到净饭寺，在寺里的五六个年头中，他极少说话。方丈说，知了师父是因为知晓了一切，所以不说话，知了了了，言语对于他便是可有可无的了。

阿宝不一样。阿宝不说话是因为他对世界一无所知，而且拒绝知道。

很多小孩子学说话时，父母会在一旁不厌其烦地重复"爸——爸，妈——妈"，跟教鹦鹉鹩哥差不多。小孩子稍大些会指着一个物体问"这是什么"，其实他并不是想知道，只是他不会说其他的。外婆曾试图教阿宝说"婆婆"，她夸张地张圆了嘴，几缕阳光便趁机钻了进去，落在暗黄色的舌苔上，引起舌头大面积痉挛。阿宝只是睁着那双灰蒙蒙的眼睛一眨不眨地望着她，最后，口腔中大约35毫升的米糊在一股开口呼的气流推动下热情奔放地贴上了外婆长满老年斑的脸。她本能地扬手一个耳光，骂了声"细赤佬"，从此忘记了让他张口说话的念头。

眼前的知了师父不一样，他和山一样沉默。每天，他在太阳升起的同时起床，之后一直干活，一声不吭。阿宝就在一旁看着，同样一声不吭。知了师父负责种蔬菜，翻土、播种、浇水、间苗、搭棚架、收割、晾晒，每天这么劳作。在知了师父身边，阿宝感到轻松，他可以不再时刻醒着，不再站在一切的对面。他可以躺下，把自己舒展开，与风一起呼吸，让自己与泥土融为一体，化作青苔。

知了师父还兼管庙里的花草。他用大得近乎夸张的桑剪剪掉桃树桑树李树旁逸斜出的枝丫，用修枝剪把小叶女贞和瓜子黄杨剪得平平整整，把海桐和红花檵木剪成球状。这样一拾掇，世界便看起来井井有条。用草坪机把杂乱茂盛的高羊茅草推得像和尚脑袋一样平整，然后把散发着清香的断草收集起来，放在篮球场上晒干，等到天凉的时候铺在松木床板上，整个冬天，人仿佛就睡在了初秋的阳光下。深秋的下午，知了师父挑着空扁担带着镰刀铁耙到山下的山芋地去刨山芋。阿宝像一条小狗一样快乐地跟着师父走在山路上，闻闻野花，追追蝴蝶。到达目的地后，知了师父脱下袈裟摊在一块空地上，示意阿宝坐在上面。他顺手摘了株成熟的野雀麦，用无名指蘸了点唾沫，涂在麦芒上，然后小心翼翼地把麦子递给阿宝，那个庄严劲儿似在传递文明的火种。阿宝接过麦子，惊奇地发现麦芒正在缓缓地转动，像一面钟，转动的方向也与时钟一致。

阿宝在外婆家见过摆钟，它的指针是一格一格走的，一跳一跳的，而眼前的麦芒不一样，它不停地转动着，不急不缓，不停不歇，像河流，像时间，像山间永恒的风。麦芒让阿宝感到新奇，他一直一直看着，看得眼睛里灰白色的阴翳渐渐散去，直到它再也不动了。他扔掉手中的这株，在袈裟周围寻找另一株雀麦。他学着知了师父的样子蘸上唾沫，然后津津有味地看它转动。最后，他终于对麦芒倦了，呆傻而认真地望着知了师父干活。

知了师父熟练地割掉山芋藤，然后用铁耙把藏在土下的山芋一串串挖出来，抖去泥土，扔进畚箕。阿宝晒着太阳看着师父的这一连串行云流水般迅速麻利的动作，仿佛在听春水潺潺流过山涧，怎么也听不厌，看不厌。这时暖暖的太阳光在耳边嗡嗡叫，好像茶叶树开花时围在四周的蜜蜂。

知了师父在刨山芋的时候留一个硕大光洁的红皮山芋放在杂草堆里，傍晚带回伙房扔进烧饭的灶膛里。一顿饭烧好，用火钳攋出山芋，剥掉外面焦黑的壳，把一坨香喷喷的白色的东西递给阿宝。阿宝犹豫了一下，眼前的东西散发着香喷喷的光，而知了师父和蔼的眼睛里也闪着这种暖暖的光。他接过了山芋，犹疑着咬下第一口。

这时，他听到了知了师父对他说的第一句话：当心烫！

这是第一次，他被一种叫作幸福的东西烫了一下。山芋的香味和热气充斥着全身，在舌尖上凝结为一个小小的灼灼的点，之后，舌尖触及到口腔的每一处都像盛开了一朵小小的绚烂的花朵。他被这般奇异的感触吓坏了，惊慌失措中，山芋滚落到草堆里。

师父笑了，捡起山芋，剥去粘在上面的干草，向着它吹一口气，递给阿宝，眼里满是疼惜。

后来每一次阿宝都是急急地愉快地接过来，像一头小野兽一样偎在厨房的角落里一边向它吹气一边寻找可以下口的地方，不时发出心满意足的呼呼声。

吃饱后跟着师父去井台上洗山芋。天气渐渐转冷，而井水越来越暖和。洗干净的山芋分成两部分，一半直接刨成丝晒干，另一半放在大锅里焖熟后切成条状晾晒。阿宝看着看着就睡着了，第二天发现自己在暖暖的干草铺就的床上醒来。

这也是他人生中第一次入睡。睡眠就是把世界放到了床外，而把床放在世界的中央。

阿宝依然不说话，偶尔知了师父会跟他说一两句话，也就是"当心"之类的。

第一个冬天这么过去了。

春天，知了师父会带阿宝去山上的竹林里采拳头菜，也就是蕨菜。那个时候知了师父告诉阿宝，"拳头菜"这个名字出自《诗经》。阿宝看着，根本就不管什么经，他每天都听和尚们诵经，在他听起来，那都一样，又像哭又像唱，时不时还敲几下木鱼和铃铎。但是他对眼前的蕨菜有兴趣，因为它长得像一只攥紧的小手，只比阿宝的手稍微小一点，颜色是紫红色的，拳头上是一层细密的白色绒毛，阿宝凑得太近了，那些绒毛让他打了个喷嚏。

203

知了师父说，从《诗经》开始，打喷嚏就是有人想念。"有谁在想念你吗？"他突然问，然后又自言自语地说："我家老太婆和我女儿肯定也在想我了。"

有一小股温热的液体从阿宝的体内涌出，冲散了眼睛里的那层薄雾，他发现每天都看到的这片山林忽然更加绿了，像加了素油氽过滚水的小青菜，而映山红也红得让人心里热烘烘的，像冬天灶膛里的一团火焰。

他用手指摸到那股液体，蘸了下，仔细看，最后，他开口说了生平第一句话："这是什么？"这是第一次，他想知道他的灰眼睛所看到的一切。他想要了解语言，想要会运用它，来将自己体内的那些或暖和或刺骨的东西传递给眼前这个山一样的老人，与他分享整个外部世界和他的内心。他把泪水擦在师父的手背上。手背上是一块块干裂的皮，像夏天干旱的稻田，还有一条条青筋蜿蜒而过，像山顶上看到的远处的河。

"这是爱。"知了师父说。他拔了一把蕨菜，放进篮子里，然后走向另一丛蕨菜。爱是暖暖的，潮湿的。爱能用脸颊感受到。爱能让眼睛变得清澈。阿宝说不出来，可是心里都知道。

之后，阿宝开始了语言的学习。知了师父平时话不多，可是只要阿宝问，他就愿意说，很详细地说。开始，师父只是告诉他每一种植物、每一种小鸟、每一种昆虫的名字，阿宝学得很快，基本就是过目不忘。主动想要知道能带来无穷的力量。之后，师父会在教他认识植物的同时也讲《诗经》、《楚辞》、唐诗里关于花鸟鱼虫的诗句，讲每种植物跟其他植物的差别和相似之处。师父还教他了解植物的拉丁文学名，教他用梵语诵经、祈祷。就这样在山林间、古寺中，阿宝接受了语言的启蒙教育。

每日的劳作加游荡依旧，学习是其中的点缀，但是就像早晨芋头叶子上的露珠一样闪亮迷人。有时阿宝跟着师父爬山去采栗子或者捡橡果。师父掐半根牙签插在橡果扁平的那头，就做成了一个简易的陀螺。他在平坦的大石头上转陀螺玩的时候，也听着师父讲解其中蕴含的力学原理和与之对应的为人处世的道理。遇上天气突变，在山洞里避雨时，师父就会解释每一种天气变化所蕴含的知识。

这样弥漫着山的香气的日子一直持续到什么时候呢？阿宝从来没想过这一天，只是忽然间，它来到了。他哭啊哭，一直哭到馒头山脚下，看见记忆深处的外公外婆和一些不认识的人正凶神恶煞似的等着他，他回头去看知了师父，眼泪汪汪，恋恋不舍。

师父说："你终归是要回到你的世界的，勇敢地去吧。不要害怕你将要得到的东西。"他把阿宝拉到跟前，在他的胸口画了一个圈，说："孩子，你要记住，一颗善良的心是最好的护身符。"然后他就转身走了。黄色的袈裟渐渐化作山道旁的一丛明媚的野菊花。

之后的事情，我知道的就不多了。但是我敢肯定，就跟所有的小孩一样，他有了一段正常的求学经历，除却成绩排名什么的，基本可以算是无忧无虑。当然，在经历着的时候，偶尔也会感到痛苦，比如说为了同桌的一块好看又好闻的橡皮，或者一个心仪的女孩子没理睬他的某句搭讪。我知道的是，阿宝是个好学生，特别的聪明，所以，后来他的外公外婆也就不再企图弄死他了。他也渐渐从他们两位老人身上感受到了长辈的温情与关爱。外公外婆有时也会大发善心在晨练的时候带他逛公园，告诉其他老人"这是我家外孙，可聪明了，门门功课都是满分"，然后心满意足地接受艳羡的目光和溢美之词。

在我下班结束这个故事之前，让我们略掉中间的这些啰里啰唆的岁月，直接把目光投向螺蛳镇六中高二（三）班的教室窗口，偷偷地看一眼正在上数学课的阿宝同学。此时的阿宝同学脑袋硕大，眼睛再也不是灰蒙蒙的，而是炯炯有神，他正在草稿纸上涂涂画画，思考着一个别人看起来很傻的数学问题，那是关于两条平行线的。

他想，我现在写字的这个桌面，或者扩大些我们教室所在的楼面是一个平面吗？如果它是一个平面，那么，也就是说，若把它无限扩大，它能像刀切苹果那样把地球包括大气层在内的这个球体切出一个圆来，因为平面总能把球体切出一个圆或者椭圆。如果教室的地板是个平面，那么如果照着这个平面不断地扩展浇上水泥，最终会得到一个以地球直径为边长的一个方块。这似乎不大可能。所以，也就是说，我写字的桌面不是平面？这也是一个难以接受的事实。

接着他想到的是：如果我的这个桌子不是平面，那么如果画两条平行线的话，它最终是像一条带子一样绕地一周。也就是说，它将不成为平行线了，而是比地球周长略长的一个环！

"两条平行线永不相交。"这个在三年级的殷老师口中的真理，其实根本就经不起细细推敲。

这里面一定有什么不对的地方，或者说有个更深的真理，而此时的他不明白。这个问题长久地困扰着他。他每天都在草稿纸上画，画很久。直到有一天，语文老师姚老师发现了这个秘密。

姚老师什么也没说，只是在某个早读课上递给他一本书，告诉他，这里有你想知道的。

这本书叫《无穷之旅》，封面上方是一幅画，画面上的每一列青蛙都像是无穷无尽的。书里讲到了很多个数学问题，其中有一章是关于非欧几何，在那里，两条平行线相交了。

十几年后，当阿宝对着一道证毕的几何题回想自己在馒头山上的那段岁月，始终感觉脑袋里有一只金色的蜜蜂在嗡嗡叫，它一定是挖山芋的那个下午偷偷跑进耳朵里的。他领悟到，那时知了师父对他所做的，就是将他从他原本生长的那个有毒的沼泽地里连根拔起，在清澈的山涧中洗净根部的宿土，然后让他自己去寻找选择适宜他生长的肥沃土壤。如今他找到了。在一个远离了鸟鸣与植物的地方，他看到了另一种美：它以数字的形式展示着自然的永恒和律动，不偏不私，不事张扬，静静等待找寻它的人。这种美，在他幼小的时候花一下午观察一片蕨菜叶子的对称方式时已经悄悄地注入了他的内心。只是那时候,他的内心蒙昧混沌,而如今已渐渐走向清澈。他明白自己拥有的是什么,要找寻的是什么,并且勇敢无惧,尽管这个旅程可能是无穷无尽的。

关于小男孩阿宝的故事,差不多就该结束了。然后呢?就像很多故事的结尾一样:然后,他就长大了。

一

伪币使用者

他买菜回来的时候，他老婆正站在楼梯口大骂，她的话语像豆子一样从二楼撒下来，顺着楼梯滚落一地，他小心翼翼地上楼，他觉得踩上了会摔倒。

大致听明白了，她要买米，卖米的说找不开，把一张百元钞票还给她就走掉了。

她骂谁呢？她不知道这样毫无意义吗？她是在转移发泄对象吗？她可以买两袋米，她可以去超市买，她可以……算了，那样就不是她了。

他走进屋子，他儿子还在睡觉。儿子不去工作，熬夜看球赛，又说他不得，脾气比他妈还大。

他在厨房把菜放下，端起一碗白粥，就着昨天没吃完的咸鸭蛋吃了起来。

然后，他上工去了。

含混地说，他是一个园丁，也就是种树的。夏天的活儿特别多，到处都要浇水。他的老板四处接活，小学校园、小区、厂区等，找几个工人，50块一天管饭，他是其中之一。他对这份工作很满意。

不需要动脑子,不需要与太多人打交道,而且,看着水管喷在树上沙沙作响,树叶淋洗得干干净净,他开心。这样,他就暂时忘记了那个总是在发火的女人,他的女人。也忘记了他一事无成的儿子。他又想,自己也是,一事无成。

带着一身疲倦回家,他的老婆又开始喋喋不休。她说,这张一百是假的。他说不可能,这是昨天发的工资,一分没动全交给她的。她说,难道是她变出来的不成?

他接过钱,说,我去把它用掉,看是真的还是假的。

然后,他破天荒地扛了一箱啤酒回来。平时他不喝啤酒的,不经喝。他带着些许得意,说要是这钱是假的,那这个酒是怎么回事?

他老婆说,那酒肯定也是假的,假钱买假酒,喝死你!

晚饭后他就搓麻将去。搓麻将是他唯一的放纵。唯有一人缺席,这个家中才能安宁。他知道,生活给了他仅有的这点智慧:逆来顺受。这个词语的意思,他是到五十岁以后才明白的。当他看到他儿子与他母亲吵嘴的时候,他很想把这个词语的意思告诉他,但是他又说不清。他只是看着,或者出去搓麻将。

他走路的时候,手总是插在兜里,一手捏着打火机,一手摸着钞票。今天手气还算不坏。他回到家,他老婆还没有睡。他一眼就看到了那张一百元,放在饭桌上很显眼。

她说,在他出去搓麻将后,卖酒的带着全家过来了,就为了这一张假币,她被他们包围着,像个通奸被抓的坏女人那样无地自容。

她开始哭喊,你还不如让我去死算了,我再也不要受这样的气了。

别吵了,隔壁人家都睡了。他丢下这一句话,就闷闷地睡下了。

当晚,他失眠了。一百块并不是大数目。一百块可以买五十斤米,五十斤米可以吃一个多月。一百块是两天的工资。一百块可以买四五天的菜。或者买一副猪大肠,好几年没吃了,越来越贵,越来越舍不得。这张假钱哪里来的呢,肯定是工资,明天去跟老板换,要是他不承认,我就辞职不干。要是辞职,我去哪里呢?一百块钱不是什么大事。老板也不像是坏人啊,兴许他不知道这是假币。他给我钱时为什么都没当面点一下?我拿钱时,应该看一看的。一百块……

第二天,他去上工时的脚步有点沉。

做了很多铺垫后,他终于说了出来。老板很爽快地掏了张崭新的一百给他。

他舒一口气,一阵风吹来,刚浇过水的树上摇落下一阵细密的水珠,好清凉。他的世界恢复了正常。

晚上,他把钞票递给老婆时,她正在看新闻,他转头,看见新闻里说:有市民向我台打来电话说,近日有一批不法分子冒充小商贩,用假币调换消费者手中的真币,我台提醒广大市民朋友注意防范……

他觉得很气闷,要下雨了吧,他想。

用梦想喂狗

自从我当了家庭主妇之后，我就每天要负责把家里的垃圾倒掉，残羹剩饭瓜皮纸屑香烟屁股什么的。有一次倒垃圾的时候，一条狗过来，巴巴地朝我摇尾巴，似乎想讨些吃食。于是我就把吃剩下的肉汤单独准备好，倒垃圾的时候顺便喂狗。可是那狗只是闻一闻，并不吃。第二天去倒垃圾，它还是巴巴地望着我讨要吃的。我又试了鱼虾贡丸胡萝卜洋葱头萝卜干豆腐脑山核桃口香糖巧克力咖啡水果布丁，它都一贯的不稀罕。我就纳闷起来，你到底要吃啥呢？

　　有一天，我在抽屉里找到了一个装满梦想的文件袋，试探性地掰了一小块梦想给狗吃，天啊，它竟然吃得津津有味。吃光了那一小块梦想，又巴巴地望着我，似乎还要吃。我不给，不能让它一天吃完。

　　那个牛皮纸文件袋里的梦想并不多，狗几天就把它给吃光了。

　　我在家里展开了一场彻查，把所有残破不全的梦想都整理出来，慢慢地喂狗吃了。说实话，我并不稀罕这些梦想，它们都是我年轻时购置的，花了好多青春币，但是却没什么用处。我年轻时就喜欢买这些洋盘货，它们有着光鲜的外表，散发着迷人的光芒，有些甚至可以说是耀眼。可是,和别的东西不一样,梦想没法子在二手市场上转让。梦想拆封后用过了就再也卖不出去了。梦想很占地方,我家房子不大,还是清理掉为好。

我家里的梦想,也就够喂那条狗吃三个月。之后,为了不让那条狗挨饿,我就到处给它找梦想吃。

"嘿,心肝,家里还有梦想吗?"我问我的闺密。

"啥,梦想?搬家的时候扔掉了哇。"她一边拖地一边回答我。

"那啥,小哥,你还有梦想吗?"我问曾经暗恋的哥哥。

"有,不过不多了。"他在线上回答我。我大喜。

"分我一点好不?"

"……"他没有回我。拉倒。

"要不,我陪你去淘淘吧?"闺密如是对我说。

"请问你们这边还有梦想卖吗?"我底气不足地问售货员。

"梦想?我来查查看啊。"售货员啪啦啪啦打了几个字,回车,显示"无法找到该货物"。我的闺密拉拉我的胳膊时说,这个姑娘这么年轻,肯定不知道梦想这种东西的。我想到,梦想已经在市场上绝迹好久了。我国再也没有一个厂家愿意生产梦想了,因为卖不动。那些曾经购买了很多梦想的人,也都一早把梦想销毁了,以免被人看到了遭笑话。

我就在谋宝网上淘,勉强找到几个卖家,一问,都说没货。

我确定我是买不到梦想了。

我去找我爹妈。我爹读大学那个年代，梦想非常充足，大家坐在草坪上，夜晚把各自的梦想拿出来互相欣赏，与繁星交相辉映。爹说，那个时候的梦想不是买来的。我问那是怎么来的。爹说，手指触碰到时空中的某一点时，突然"叮"的一声梦想就产生了。他说得太玄了，我不理解，所以就不相信。不过我是见识过人人都有梦想的时代的。那个时候我还穿着开裆裤，一群叔叔阿姨周末会聚集在我家，谈论一些叮咚悦耳的东西，我有时候也会抓着玩。

"爹，你还能找一些梦想给我吗？"

我爹快70岁了，脑子有点糊涂，经常把生姜当土豆。但是他显然听清楚了我说的"梦想"这个词语，轻微白内障的双目放出光来，就跟我记忆中的星空差不多。

"有，有！"他用手指着天花板。哎，我知道他又糊涂了。梦想那么重，怎么能放在天花板上呢？

"你用它干啥？"爹问。

"喂狗。"

爹的眼球瞬间又被白内障覆盖。

"你……"他气得说不出话来了。

我年轻的时候，梦想是买来的。那是一个大规模生产梦想的时代，梦想很便宜，不过质量也不大好。国外的梦想质量稍微好一点，不容易出现着火、受潮霉变、受气压而漏气，或者水洗之后褪色等问题。有时通过网站从国外购买，后来，因为牵扯到关税什么的，那一类网站纷纷关门，但我们还是能够从国外买到。不过，一般我们也不稀罕从国外买，便宜就是硬道理，管它质量好不好，用旧了就扔掉呗。那时谁也没想过有一天买不着梦想。后来梦想渐渐从市场上淡出了，大家也没觉得有啥不对劲的。就跟我看我爹小时候的塑料小白兔一样，我女儿会觉得我年轻时玩的那些梦想很老土，不如她的那些光怪陆离的新玩意好。

我想起我唯一的海外关系——小宝，不过他是在越南！要知道，越南更加买不到梦想。后来我又使劲想，终于想到一个在北欧的远房表哥。

在表哥的指引下，我去他家老宅找到一些梦想，喂了狗。表哥的梦想很单薄，也就是解开一个什么色的数学猜想。后来，这个猜想被别人证明出来了，表哥手中的梦想瞬间就成了惨白色的一坨。于是他就偷偷地把梦想藏在床底下那个里面有很多草稿纸的纸板箱里。

他说，谢谢啊，处理掉家里剩下的那个梦想，家乡再也没有可以挂念的东西了。从他的口吻中，我听出他并不以曾经的梦想为耻。

狗吃食的样子告诉我，表哥的梦想味道不错。

"表哥，国外还能买到梦想吗？"我弱弱地问。

"大概没有了，现在欧洲市场上也都是中国制造的东西。"

我又找了一个在政府工作的师姐，问她能不能给我弄点"内部特供"的梦想。

"有啊。"师姐很爽快地应允。

过了几天,师姐给我载来了整整一个后备箱的梦想。我从来,不,是好多年都没见过这么多的梦想堆积在一起,散发着呛人的霉味和幽微的芬芳。"这些都是我从工商局弄来的,从前严打的时候收缴来的,一直没处理掉,堆着都坏掉了。"

我目瞪口呆,"还有严打这回事?"

"你不知道啊?"她欲言又止,"不知道就算了。"

"不能啊,你倒是跟我说说呢。"我这大半生中,遇到太多人告诉我"不知道的就算了",开始我就真算了,后来发现人家说这句话,隐含的意思更多是"这事很有说头,但是轻易我不告诉你"。如果我是男人的话,这个时候可以掏出3字头,假装漫不经心地递上,然后掏出打火机看对方的反应。如果对方是个男人,我可以展示一下我不够充足的女性魅力,略带克制地浪笑然后问一句"是吗?"可眼前是我的师姐,一个三十年都剪同一款短发的政府女职员,我能怎么办呢?狗蛮喜欢吃这一批梦想的。师姐说她还有其他的梦想,是单位里那些退休老干部从前捣鼓出来的。我这才知道,从前梦想流行的时候,他们需要人人都弄一批梦想,不时地拿出来比试一下,然后颁个奖什么的,可以作为工作绩效,评优秀也可以派上用场。后来,时代变了,社会上都不喜欢这种东西了,政府部门更是不稀罕了,便有大批的梦想被销毁,都是拖到金鸡山殡仪馆去处理的。

很遗憾,后来的这批梦想狗都不喜欢吃,饿得慌的时候勉强嚼上两口,也要呕吐一阵子。后来就拒绝吃了。

我动用了大部分社会关系，直到不得不相信这个城市再也找不到梦想了。狗一天比一天瘦，乌黑的眼睛望着我，虽疲惫，却有着异样的光芒。

亲爱的读者，如果此刻你在期待着看我怎样克服重重困难去为这条可怜的狗找梦想，甚至不惜自己流血牺牲，那么我恐怕要让你失望了。我不是非常懦弱，但也不至于为一条狗做出如此英勇的事来。拜托，那只是一条狗而已。那只是一些梦想而已。我打算收起这篇小文，后来么，后来狗就饿死了。我明白，用梦想喂养狗本身就是一件很傻 B 的事情，梦想连狗都养不活。

"等等，我有个梦想的，"我暗恋的那个哥哥很久之后对我说："我曾经有个梦想，那就是和你在一起。"

我朝他翻了个白眼，叹了口气，"算了，反正狗都已经饿死了。"

图书在版编目（CIP）数据

我不知道该如何像正常人那样生活/徐晚晴著.-上海：上海文艺出版社,2016.9
ISBN 978-7-5321-6169-0
Ⅰ.①我… Ⅱ.①徐… Ⅲ.①中篇小说-小说集-中国-当代
②短篇小说-小说集-中国-当代 Ⅳ.①I247.7
中国版本图书馆CIP数据核字（2016）第224931号

出 品 人：陈　征
责任编辑：乔晓华
封面设计：人马艺术设计・储平
封面及封底绘画：梁楚玲

书　　名	我不知道该如何像正常人那样生活
作　　者	徐晚晴
出　　版	上海世纪出版集团　上海文艺出版社
地　　址	上海绍兴路7号　200020
发　　行	上海世纪出版股份有限公司发行中心发行
	上海福建中路193号　200001　www.ewen.co
印　　刷	山东临沂新华印刷物流集团有限责任公司
开　　本	787×1168　1/32
印　　张	7
插　　页	3
字　　数	136,000
印　　次	2016年9月第1版　2016年9月第1次印刷
ＩＳＢＮ	978-7-5321-6169-0/I・4921
定　　价	29.00元
告 读 者	如发现本书有质量问题请与印刷厂质量科联系　T：0539-2925888